KB055997

내가 누군가를 지우는 동안

모악시인선 023

내가 누군가를 지우는 동안

김윤환

모악

시인의 말

티끌만큼이나 가볍고
별만큼이나 아득한 기억을 붙잡고
매달리다가 마침내 그 풍경을
지우기 위해 시를 써왔다

점점 사라지는 어머니를 붙들고
주저앉아 우는 아이
시는 숨어서 울 수 있는 골목
나는 지금 다섯 살에 도착해 있다

2021년 초여름
시흥 우거寓居에서 김윤환

차례

2부 판도라

3부 뼈에도 꽃이 피는

4부 맨 끝에 도착한 발

1부
벽화

오체투지各論

지구 밖으로 자신을 던지는 일은
자전을 포기하고 우주를 제 안으로 끌어당기는 일

지구를 거꾸로 돌리면 현기증으로 쏟아지는 별들의 눈
먼저 떨어진 별 조각은 사라진 엄마의 눈썹이거나
옛 애인의 찢어진 편지이거나 잃어버린 처녀의 일기 같은 것

팽팽히 감긴 시간 위에 은하로 치닫는 열차가 있고
레일 위로 쏟아지는 별은 몸속의 초침으로 살았지
모로 세워진 지평 일몰의 시침 위에 나를 던지는 순간,
부풀어 오르는 공기 방울 그 콧노래를 부른다

지구 밖으로 자신을 던지는 일은
날개를 다친 새 한 마리 번지 점핑의 짧은 유영 같은 것
오르가슴 그 찰나의 쾌락 가장 깊이 패인 기억
어혈의 공전으로 다시 산다는 지구인의 오래된 생존가설

지구 밖으로 자신을 던지는 일은
언제나 엉금엉금 별을 찾아가는 일
자기 안으로 우주가 들어오는 일

벽화

대문을 열고 왼쪽으로 돌아가면
창고로 쓰던 반지하방을 월세 5만 원에
몇 년을 옥살이처럼 산 적 있었다
일터에서 돌아와 문을 열면
어둠은 기다렸다는 듯 내 품에 안겼고
나는 그것이 무서워
창이 있었으면 좋겠다 싶어
가장 어두운 쪽에 창을 그리고
거기에 해를 그려 넣었다

쉬 잠들지 않는 밤이면
어스름 꿈결에 어느 소녀가 창틀에 앉아
햇살 같은 미소를 보내곤 했는데
화들짝 놀라 눈을 뜨면
촛농이 흘러내리듯 검은 창들이 온 방에 흘러내렸지
들어오고 싶지 않은 방에도 달력은 있었고
아무것도 적히지 않는 빈칸마다
따라갈 수 없는 시인의 시를 채우곤 했는데
시인과 흘러내린 창문과 어둠이
눅눅한 노래가 되어 아침이면 내 등을 적시곤 했다

지금은 지상 위에 집 한 칸을 갖고 살지만
아직도 그림자의 끝은
반지하 방 검은 창가에 걸쳐 있고
불과 열한 계단 아래의 방이었지만
오르는 일은 내려가는 일보다 어두웠지
장마가 오면 마치 깊은 저수지로 들어가듯
두려움과 안온함이 나를 감싸고 있지
아이들의 웃음소리가 없었다면
난 아직도 바닥에 누운 검은 창틀과 하나가 되어
그 열한 계단 밖의 세상을
먼 하늘처럼 그리워만 하고 살았으리라

오늘도 왼쪽으로 돌아가면
삐걱 반지하의 문이 열리고
어둠은 여지없이 나를 감싸고
손 한 번 잡은 적 없는 소녀는
내가 그려놓은 창틀에 우두커니 앉아 있다
푸른곰팡이는 꽃이 되어
한 폭의 벽화로 남아 있고
햇살은 언제나 낯설다는 듯
그늘에만 꼭꼭 숨어 있었다

유리병이 아니었다면

덜 채워진 유리병을 가만히 들여다보면
나는 병 속의 매실이 되어
채 익지 못한 생각들로 노랗게 물들어 갈 무렵
나의 눈동자는 덜 여문 열매로 가라앉았다

유리병 밖에는 엄마가 지나가고 아버지도 지나가고
낯설고도 반가운 한 여자도 지나간다
걸음마를 배우는 아들도 지나가는데
아무도 갇힌 채 젖은 나를 알아채지 못한다

유리병 밖에는 아직도 하늘에 매달린 채
더 여물어 단단해지기를
더 여물어 녹녹해지기를
기다리는 매실 가족이 있다

유리병 속에는 죽은 듯이 풀어지는 생각의 알맹이들이
슬픈 피를 흘리며 조금씩 사라졌고
몇 모금 술로 남아
한 15도쯤 익은 채, 한 15도쯤 기울인 채
지나가는 사람을 기다린다
나를 한 모금만 담아가 주기를 기다린다

세상이 유리병이 아니었다면
내가 먼저 그들 속으로 들어가
쓰디쓴 열매가 어떻게 술이 되어
익어 가는지 속삭여주었을 거야
투명한 채 갇히지만 않았다면 말이야

칼집

해질녘 칼을 빌려다 시를 다듬는데

한마디씩 다듬을 때마다 손마디가 날아가고

한마디씩 다듬을 때마다 발목이 날아갔다

마침내 모가지도 없는 허공이 몸통을 이루고

다듬다 남은 바람만이 칼집을 맴돌고 있었다

칼과 칼집은 소리로만 피를 흘리고 있었다

그렇게 나의 시는 칼집을 빠져나와

알몸의 바람으로 훨훨 사라져갔다

칼의 집만 남긴 채

빈집에 혈흔만 남긴 채

입술을 맞추고 있었다

밥숨

아침을 거르고
점심을 건너뛰고
저녁에는 그냥 잤다는
그녀에게
먹고 사는 것이
죄가 될 리 있겠냐만
일 때문에 밥을 거르는 일이나
밥 때문에 숨을 거르는 일은
자기에게 죄를 짓는 일
이라고 말하고는
나도 식은 밥 한 숟가락을 뜬다
찬밥이 목구멍에 넘어갈 무렵
묵은 한숨이 가슴에 얹혔고
마음속에는
긴 괘종소리가 울렸다
밥과 숨을 함께 쉬는
일없는 하오下午를
나도 그리워했다

문안 편지

아직 당신을 다 알지 못해요
정교하게 그려진 당신의 지도 위에
오늘도 제 길을 찾지 못한 채
낮게 앉은 키 작은 나무가 되었네요

당신이 남겨놓은 옷고름에 그려진 들꽃
참꽃마리 하얀 잎은 시들지 않았지만
나는 시든 풀처럼 고개를 숙인 채
당신의 손길을 기다리고 있어요

당신이 당부한 맑은 눈을 갖지 못했어요
걷어낼수록 엉키는 그물처럼
오늘도 눈 한번 제대로 못 뜨고
덫에 걸린 작은 새가 되었어요

당신을 알지 못해
더 그리워하는 것을 알고 계셨나요
몸이 무거울수록 자유가 두려워
반쪽의 날개로 사는 나는
당신의 길 위에 놓인 어린아이

당신이 계신 그곳
내 날개는 안녕한가요

무우

차라리 해가 없었더라면
나도 하늘을 보았으리라
내 머리 위로 푸르른 청춘이
지나가지 않았더라면
내 뿌리도 흙 대신 바람을 입었으리라

캄캄한 아침이 오면
별들의 소식이며
나비들의 기침소리며
내가 볼 수 없었던 내 머리 위 꽃등이며
수맥으로 전해져오는
세상의 소식 소식들

갇힌 채 여물어가는 뽀얀 속살
수행조차 부끄러운 캄캄한 지옥에서
근심 없는 미래를 보네

차라리 내가 꽃이었으면
차라리 내가 빛에 타들어가는
외눈박이였으면

바람 숭숭 들어간 하얀 무우無憂
지옥에서 천국을 복사複寫하는
근심 없는 백치白痴였으면
차라리,

구름 너머 그대

이제 구름을 깨러 가야지

아무도 정 붙일 수 없는

불가촉의 순백이라도

그리움이 독살이 되어

고공의 구름을 깨러 가야지

지천의 경계를 깨야지

구름 너머 천년을 넘어

허공을 부수러 가야지

그대에게로 가야지

발인發靷

이별은 잔치 후 정리되지 않는 주방 같은 것
쌓인 그릇과 남은 음식들에 묻은 소음
물린 채 풀리지 않는 나사들
울음이 벼루에 녹은 먹이 되어
폭과 너비를 알 수 없는 어둠을 그리는데
발은 바닥에 닿지 않고
손은 하늘에 닿지 않아

만질 수 없는 얼굴이
비가 되어 내리는 것, 내 안에 고이는 것
떠난 이의 얼굴에 내가 비치는
낯선 거울이 보이는 시간
누군가의 손이 필요한 순간이었네

떠나보낸다는 것은
이 강과 저 강 사이
질기고도 투명한 다리 위에
목청껏 부르지 않아도
이내 목이 잠기는 노래였고
끝내 놓을 수 없는
동아줄 같은 것이었네

무저갱 블루스

수직으로 뚫린 구멍 위로
검은 심지 하나

좀처럼 드러나지 않는 바닥
순진한 사람은 호롱 하나 들고
구멍으로 들어가지
꺼질 듯한 낙하에도
눈에 불을 켜지

지상에 사람다움이란
어둠을 향해 뿌리를 내리는 것
손끝에 불을 켜고
촛농처럼 눈물을 흘리는 것

어둠으로 구멍 난 세상
사람들은 머리를 거꾸로 박고
초롱을 들거나
눈에 불을 켜고
무저갱의 흰 바닥을 찾고 있지

수직으로 뚫린 구멍 아래에는

아직도 타다 남은 눈동자들
촛농처럼 고여 있었지

이슬의 시간

내가 누군가를 지우는 동안

누군가는 나를 그리며 살았겠구나

지우는 일과 그리는 일이

톱니가 되어 여기까지 왔구나

초록에도 제 꽃잎을 떨구는

그리움과 사라짐의 중간 어디쯤

이슬이 햇살에게

입술을 맞추고 있네

절정絕頂

선달이라고 해가 지다니

그믐이라고 달이 지다니

새벽이라고 별이 지다니

가을이라고 낙엽이 지다니

해가 졌다고 꽃이 지다니

그 사랑을 이긴 적이 없는데

어머니, 그 꽃이 지다니

향기는 두고 그 별이 지다니

아무도 이기려 하지 않는데

때가 되면 스스로 지다니

노을에 수선화를 피우다

무엇으로 원망하랴
서쪽으로만 난 길을
백주에 묻히고 다닌
식욕의 찌꺼기
핏자국마저 곱게 덮어주는
용서의 시간

상처도 눈물도
달빛으로 뜨는 시간
육신의 나이를
한 줌 한 줌 파먹고 얻은
화려한 경계

어둠을 맞이한 후에야
안식을 누리는 빛의 포로들
어둠이 짙을수록
식욕은 잠잠해지는데

오래된 식탁 위로
노을이 올라올 무렵
빈 들에 노란 수선화가 피어나고

그제야 바람으로 떠돌던 나도
그 빛에 노랗게 노랗게 물들겠네

2부
판도라

융능隆陵에서

뒤주에 갇힌 지아비를 바라보는 혜경궁 홍씨의 눈물을 보았네 정조가 나란히 눕힌 부모의 봉분 위로 얼룩진 편지로 남은 것을 보았네 막 출산한 여인의 가슴처럼 부풀어 오른 융능과 건능 사이 아비의 멍든 손톱을 닦는 아들의 손길이 국화로 피는 것을 보았네 힘이 넘쳐 힘을 쓸 수 없었던 왕가의 무덤이 사람들의 수군거리는 산책로가 되는 것을 보았네

무덤 이름에
융隆을 깔수록
죽음이 선명하게 보였네

판도라

얼마나 감추어야

그 껍질이 투명해질까

터질 듯한 가면의 무게

나를 찢으니 사자가 나왔네

나를 찢으니 뱀이 나왔네

나를 찢으니 개가 나왔네

나를 찢으니 무신이 나오고

나를 찢으니 별이 나오고

나를 찢으니 몹쓸 시가 나왔네

몹쓸 시를 찢으니 내가 나왔네

시를 찢는 내가 나왔네

찢을수록 단단한 내가 나왔네

투명한 그물

엄마는 콜센터에서 아빠는 물류센터에서 아이는 피씨방에서 할머니는 요양원에서 할아버지는 복지센터에서 익숙치 않는 쉼표의 그물에 걸린 가족이 있었다 그 마을에는 죽어도 걸리지 않고 걸려도 보이지 않는 쉼표의 고리들이 둥둥 떠다녔다 걸려 울다가 잠드는 매미의 가족이 있었다 곁에 있어도 보이지 않는 행렬들 순서가 흐트러질수록 선명한 노래며 죽은 바다에 떠도는 해파리처럼 그물에 걸린 N차의 울음소리가 마을을 휘감고 있었다 울어도 울어도 죽어야만 들리는 위험한 매미의 노래가 있었다 끝나지 않는 투명한 그물이 있었다 가난해야만 걸리는 가시 그물이 있었다

거둬들일 수 없어 익숙한 지옥
두려움을 껴안고 의심을 껴안고
서로를 위로하는 동안
N차들의 마을에는
무거운 그물이 함께 살고 있었다

검은 외투를 입은 나방처럼

노을을 슬퍼하는 진짜 이유는
잔광殘光이 동굴을 향해 들어가는
어린아이의 눈동자처럼 보였기 때문이야

맑고 푸른 아침을
내 것처럼 으스대지 말 걸 그랬어
오후가 가까울수록 쓸쓸한 시간
꽃은 지고 향기도 말라
아무것도 건져올 수 없는
이승의 벌판

꽃술에 취해
반복되는 노을이
마침내 동굴에 자리를 편다
산 채로 불붙어가는
흰 나방의 꿈

하늘의 별이 아니라
어둠의 별이 되고 싶었지
동굴의 눈眼이 되고 싶었지
마치 검은 외투를 입은 나방처럼

이석증耳石症

뿌리 없는 돌 하나
귀청에 들어와
발걸음 뗄 때마다
세상을 흔드는데

아침 새소리나
나비의 날갯소리를
듣고자 했던
고요는 사라지고

막혀버린 출구
분주한 고함소리에
귀먹고 눈멀었지

반백 년 지나서야
죽은 돌 하나
치우고 싶었네

어지러움 걷어내고
빈 고막에
따뜻한 돌 하나

들이고 싶네

공명共鳴한
산돌 하나
내 안에 옮기고 싶네

오탈자시대

사랑해야 할 자를 사라지라고 받아쓰고
사과해야 할 자를 사랑하라고 받아쓰고
살려야 할 사람을 살해하라고 받아쓰고
죽여야 할 사람을 주목하라고 받아쓰고
참 가난한 사람을 간악하다고 받아쓰고
괴성의 노래를 미성의 노래라 받아쓰네

퇴근길 전철 선반 위에
누군가의 토吐를 덮기에도 부족한
찢어진 폐지 몇 장
키득키득 웃으며 누워 있었네

탄착점

아버지가 늑막염과 폐결핵으로 전남대학병원에 입원하자 서울 큰형이 그날 아침 일찍 병실을 다녀가고 어렵사리 군대를 제대한 둘째 형이 취직을 한다고 도청 앞에 도장을 파러 갔다 나는 엄마를 모시고 병원을 가는데 대낮부터 일단의 군인들이 우르르 쏟아져 나왔다 송정리에서 도청으로 가는 길에 버스가 더 이상 운행하지 않았고 병원까지 걸어서 가는 길에 엄마는 "야, 아가 뭔 전쟁이 났다냐? 어찌 이리 뒤숭숭하다냐?" 멀리서 들리는 총성, 병원 앞에 즐비한 쓰러진 사람들 낯익은 둘째 형의 봄 점퍼에 흥건한 혈흔 어머니는 이내 혼절했고 아버지는 그날로 각혈이 심해졌다 아무도 쏘지 않았는데 탄흔은 선명했고 겨누지 않는 탄착점에 큰 관통이 생겼다 병원 경내 라일락 꽃잎이 떨어질 때마다 어머니 눈물이 고여 뚫린 가슴을 메우곤 했다

아직도
검은 원을 그리며
내 가슴에 붙어 있는
그날 그 탄착점

늦봄의 문門

이 땅에서 오늘 역사를 산다는 건 말이야
온몸으로 분단을 거부하는 일이라고
휴전선은 없다고 소리치는 일이라고
서울역이나 부산, 광주역에 가서
평양 가는 기차표를 내놓으라고
주장하는 일이라고

문익환, 「잠꼬대 아닌 잠꼬대」 부분

작가 황석영 선생은 1989년 비밀 방북해 평양에서 문익환 목사를 조우했는데 낙천적이고 순수한 모습이었다고 소개한 바 있다 대동강변에 있는 초대소에서 남한으로 내려가면 당장 구속될 형편에 문 목사는 방금 시를 썼다며 뭐가 좋은지 손짓 발짓 해가며 낭랑한 목소리로 시를 낭독했다고 한다 늦봄은 천상 시인이었고 통일의 사제였던 것이다 그로부터 30년이 지난 2019년 남북 정상이 분단선을 넘나들고 전쟁 당사국인 미국의 대통령이 판문점 분단경계석을 넘는 장면이 있기까지 그 어떤 정치적 이념적 잣대를 거부하고 분단의 문을 연 30년 전 문익환 목사가 열었던 해방의 소리, 부활의 소리를 다시 듣는다

분단의 무덤에 한 줄기 빛이 들어오기까지

그가 하늘의 뜻을 품지 않았더라면
땅끝까지 이르러 그리스도의 증인이 되지 않았더라면
통일을 금기로 여기던 시절
스스로 평화의 십자가를 지지 않았더라면

선지자가 되어 예언하였던 봄의 소식
늦봄이 전한 참으로 늦은 봄이 오기까지
그가 먼저 통일의 시, 부활의 시를 노래하지 않았더라면
그가 먼저 문을 열지 않았더라면,

이 땅의 시인이면 무엇하랴
이 땅에 목사이면 무엇하랴
평화를 노래할 수 없다면
무덤을 비추는 빛을 볼 수 없다면

수세미오이꽃

1948년 12월 평남 강서에서 아버지 등에 업혀 서울로 온 강봉수 여사는 전쟁이 끝나고 열두 살 나이에 초등학교에 입학하고, 그 초등학교를 졸업하자마자 황해도 해주 출신 김덕성 선생과 결혼을 했다 김 선생은 월남 실향민 모임에는 나가지 않았고 서울 수색동 변두리에 집을 짓고 해마다 4월이면 어김없이 김포와 강화섬 사이 임진강변의 흙 한 포대에다 집 앞마당 흙과 섞어 능금상자에 담아 부엌 쪽 담으로 수세미 오이를 심었는데 7월 그 노오란 꽃이 필 무렵 푸르른 잎들은 지붕을 덮곤 했다 수꽃과 암꽃은 멀찍이 떨어져 피었지만 햇살 좋은 날 수꽃이 만발한 날 나비와 벌이 날아오면 어느덧 암꽃은 떨어지고 잎사귀 사이 봉긋한 수세미가 자라는 것을 보았다 한여름 수세미오이를 따다 냉국에 밥을 말아 먹으며 초등학교 시절 이뻤던 강 여사를 추억하곤 했다 수세미오이 잎들이 다 지고 나면 김 선생은 고향에 두고 온 여동생을 그리워하다 여동생 닮은 딸을 낳고 세상을 떴다 강봉수 여사도 4월이면 어김없이 강화에서 흙을 퍼다 집 앞마당 흙과 섞어 수세미오이를 심는 것을 칠순이 넘도록 계속했다 적십자단체에 이산가족 상봉 신청 때마다 수세미오이 한 박스를 담아 '김덕성 동생 김입분' 이렇게 쓰고는 눈물을 훔쳤다 강 여사는 김입분은 못 만났고 팔순을 바라보는 나이에도 딸네 아파트 베란다에 수세미오이를 심는다 방충망을 걷어내

고 노오란 오이꽃에 나비가 앉을 무렵이면 그녀는 남편과 시
누이가 황해도 사투리로 두런두런 떠드는 것을 듣는다

시인의 나라

독립해방을 노래하다 죽임당한 시인
일왕 찬양 징용 독려를 노래해도 교과서에 나온 시인
민족통일을 노래하다 빨갱이가 된 시인
독재자 구호 따라 음역 이탈 자행한 시인
주는 상 받았다고 생욕 먹는 시인
시보다 강연을 더 잘하는 시인
인기 시인에서 추행범으로 몰린 시인
아무 말 조합으로 미로迷路를 생산하는 시인
등단 수십 년에도 숫기 없으면 발표도 못하는 시인
제 돈 들여 등단한 시인
아주머니 아저씨 할아버지 할머니 너도나도 시인
등단 삼십 년에도 원고료는 오만 원짜리 시인
그래도 꾸역꾸역 시를 쓰는 시인
오뉴월에도 서리를 피우는 시인
엄동에도 벚꽃을 피우는 시인
시인 만재滿載 사우스 코리아
시인의 나라 대한민국 만세

몽니

어렸을 때는 그것이
사랑니인 줄 알았고
혈기 창창하던 시절에는
송곳니가 너인 줄 알았다
중년 고개를 넘어
힘이 부칠 때에는
어금니쯤 되겠구나 했지

어느새 치주마저 무너져
의지할 곳 없는 날
덜그럭거리는 틀니
그 사이 낀 식욕의 찌꺼기인가 싶었지

살도 아닌 것이 돌도 아닌 것이
야문 세월 꼭꼭 씹어 먹는
생니도 아닌 것이
입속에 똬리를 틀고 앉았구나
검은 뼈 치석에서 자라난
눈에 달린 송곳니였구나
죽어도 죽지 않는 너는

기생이 선생이 되어*

동포여, 나 비록 기생이나 나라의 존엄이 무너지고 백성의 아비가 승하함이 원통하여 살피고 또 살피니 이는 간교한 모략과 우매한 관료를 이용하여 조선 민족을 말살하려 함이니 어찌 가무와 풍류로 위로하랴 벗이여, 일어나 그대의 화려한 의복 대신 베옷을 입으라 그대의 쪽머리에 꽂은 비녀 대신 단검을 잡으라 수놓은 꽃수건보다 피 묻은 태극기를 잡으라 동포여, 나 비록 기생이나 가곡의 목청보다 독립 만세의 목청을 돋우고자 하니 겨레의 양심으로 함께 나아가자 기필코 저 왜구들을 몰아내고 우리 뜻 우리 가락으로 독립을 이루어 보세 광명한 나라에서 맘껏 노래하고 춤추세 이제 수원을 넘어 서울로 우리의 태극기 물결 밀고 나아가세

선생님, 저희는 사죄합니다
기생이어서 당신을 독립지사로 부르지 못한 것
수원경찰서 앞 왜경들에게 친일 매국노들 앞에
민족의 자존과 조선 여성의 기개를 보여준
당신의 외침을 다 듣지 못한 것
투옥과 고문의 고통에도
결코 꺾이지 않았던 당신의 기개를
기억하지도 따르지도 못했던
지난 시간을 사죄합니다

사랑하는 후손이여, 나 비록 광복을 보지 못했소만 천상에서 내 나라의 독립을 위해 노래하고 또 노래했소 비록 광복이 되었지만 반쪽짜리 광복이 되었고 여전히 외세의 간섭으로 민족 명운이 오락가락하는 모습을 볼 때마다 편히 눈을 감지 못하오 그러나 사랑하는 동포들이여, 불의에 항거하고 민족의 참 평화를 이루는 일에는 직업에 높낮이가 없고 경륜에 경중이 없으며, 남녀의 구분이 없으니 온전한 한겨레를 이루어주길 통촉하고 또 통촉하오

선생님, 이제 당신의 노래가
단단한 가르침이 되었음을 봅니다
촌부가 지사가 되어
기생이 선생이 되어
이 나라 자존과 참 독립의 지표로 삼고
손에 손잡고 나아가리라 다짐합니다

---

*여성독립운동가 김향화 선생을 기리며

정순 할매

황해 평강 출신 인민군 포로인 영수 씨를 사위로 맞은 정순 할매의 친정아버지는 생전 내내 영수 씨를 몸종처럼 부렸지 영수 할배 팔순을 앞둔 어느 해 적십자 이산가족 상봉 때 이북에 둔 딸이 할배를 찾는다는 전갈을 받고 정순 할매는 아들을 달래 할배를 금강산으로 함께 보냈지 딸과 사위를 만나고 온 할배가 시름시름 앓다 세상을 뜨자 할매는 영감 뼛가루를 철원군 근남면 북계산에 묻었지 할매가 며칠 전 꿈에 영감이 낯익은 젊은 새댁과 함께 춤추는 것을 보았는데 뭔 꿈이 이리 시원섭섭하노? 웃으시더니 아들보고 철원 북계산에 한번 가자 하여 그럽시다 약속했다는데 어제 문득 부고訃告가 왔네

할매가 떠난 뒤
안방 장롱을 열어보니
작은 수의壽衣 두 벌이
나란히 누워 있었다지

3부
뼈에도 꽃이 피는

그리운 봉자 씨

1951년 봄 전쟁 통에 태어난 봉자 씨, 열일곱 살 마장동 식모살이 1년 동안 촌스러워 손도 타지 않았다는 주인 말에 그냥 웃었다는 그녀가 식모에서 공장으로 공장에서 식당으로 식당에서 고아 출신 남자에게서 아들을 낳고 그 남편이 죽고 그녀가 홀로 세상을 떠도는 동안 우리는 봉자 씨를 그리워하지 않았다 그녀의 아들만이 정반대 방향에서 가난한 제 어미의 뒤를 추적하고 있었다 아들이 아들을 낳는 동안 지병과 만병만 키워 왔다 평생 외롭다는 말 대신 돈이 없다고 말하는 봉자 씨가 순천에 내려가 영구임대아파트에 당첨되었다고 이제 정말 딱 혼자 살기 좋게 되었다고 더 이상 자기를 아는 체 말라고 전화를 걸고는 심장에 화가 차서 막걸리로 식힌다는 그녀의 수화기에서 갑자기 엄마가 그립다고 말했다 엄마를 떠난 지 60년이 지나 돈 대신 엄마가 그립다는 봉자 씨, 그리운 봉자 씨

점걸이

그의 아명은 점걸이었다 어린 시절 종아리에 있었던 커다란 점에 어른들이 붙여준 별명이다 원래의 이름을 두고 점걸아 부르면 몹시 싫어했지만 대답은 놓치지 않았다 점을 따라 불러진 이름, 그 점을 받아들이며 대답했던 소년 점걸이는 점과 함께 사라졌지만 그를 기억하는 모든 이에게 점은 그를 기억하는 한 지점이 되었다

목청껏 부르짖는 말들에 방점을 찍고
죽을 만큼 힘들게 모은 것들에 방점을 찍고
무언가를 마칠 때 또 하나의 점을 찍으며 살아왔지만
점점 많아진 점과 흐려져 가는 점
우리는 점을 알이라고 했고
말 없음의 부호라고도 불렀다

시간의 정점을 지나
여백이 끝나는 어느 지점에 닿으면
점이 제 몸은 아니었음을 알게 되지
삼월에 내리는 눈발이
투명한 점을 찍으며
시간 밖으로 흘러가는 것을 보게 하지

공책의 전설

초등학교 시절 새 학기가 되면 누나는 늘 새 공책을 사주곤 했다 열심히 공부하라고 그러나 한 달이 지나지 않아 나의 공책은 온통 어설픈 만화로 채워 있었고 객지로 나갔던 누나가 돌아오는 학기 말이면 으레 미안하곤 했다 누나는 다시 공책을 사주며 새롭게 시작하라고 웃어주었지만 나의 공책은 여전히 빈칸을 두지 않고 온갖 그림과 낙서로 분칠되어 있었다 그렇게 농고를 졸업하기까지 공책은 뭔가로 채워졌지만 글자는 몇 자 되지 않았다 공책은 공부하는 책일 텐데 나의 공책에는 공부보다 공상들로 채워졌었지 나는 스무살이 된 후 공책을 쓰지 않기로 했다 사십 년이 지나 모든 공책은 분서되었지만 타다 남은 공책의 재들이 뇌 속에 까맣게 붙어 있었다 공책에 채워졌던 그림과 낙서들이 가슴에 타닥타닥 상형문자를 이루고 있음을 보았다 지금도 버렸다고 생각했던 공책들이 유령처럼 내 앞에 어른거린다 오늘도 환청처럼 내게 말을 걸어온다

인어왕자

방학 내내 학비를 벌러 나간
아들의 등짝에 난
지느러미를 보았네
학과 생의 업이
어깨에 문신을 그릴 무렵
반인반어半人半魚의 시간을 보낸
아비의 흉터가
아들의 아가미에 걸린 것을 보았네

고래의 내장에 갇힌 요나처럼
사람인 듯 물고기인 듯
지옥인 듯 천국인 듯
그렇게 유영하는 푸른 물고기를
거울을 보듯 오늘도 보고 있네

믿음과 소망과 사랑이라는
그물에 갇힌 내 이름을
아들의 지느러미에서
차마 지울 수 없었네

수초도 없는 망망대해

내 아가미에 걸린
오래된 기도문을
아들에게서도 보았네
인어가 되어
또, 인어가 되어

구름꽃집

오십이 넘은 어느 날
아내가 낯선 꽃집에 갔다
꽃집 안에는 들어가지 않고
문 앞에 놓인 안개꽃만
고르기 시작했다

장미나 백합화, 프리지아
수선화를 만나기도 전에
그녀의 가슴에는 이미
안개가 번지기 시작했다

안개 낀 아침 풍경의 그녀가
내게 말했다
이제 이 꽃을 포장해주세요
나는 부풀어 올라 그녀를 감쌌다

오십이 넘어 나는
꽃집 아저씨가 되어
비로소 안개꽃을 구름으로
포장하는 것을 배우게 되었다
꽃집에서는

박무薄霧와 백운白雲이
동색同色인 것을 알기 시작했다

태화동 미화미용실

안동 태화동 삼거리 밑에 미화미용실에는 곰보 누나가 연탄난로에 고데기를 달구어 형의 곱슬머리를 펴주곤 했다 미용실 할배는 막걸리 한 잔을 드시는 날이면 여덟 가구가 함께 쓰는 우물에서 번지 없는 주막집을 불러 제키곤 했는데 호랭이할매는 고래고래 소리를 지르며 할배를 끌고 들어가시곤 했다 국민학교 2학년 정월대보름날에 미장원 뒤에 남의 땅에 지은 우리집 초가 뒷마당에서 쥐불을 돌리다가 경을 칠 뻔 했었다 그때 놀란 가슴은 오십 평생 따라다녔지만 지금도 꼬이고 꼬인 머리를 풀어 줄 고데기의 뜨거움이나 번지 없는 늙음을 보는 일이나 우주로 날려 보낼 쥐불도 없지만 한밤 휘청이며 오시던 아버지 그 발소리만 더욱 크게 들린다 아홉 살의 태화동 삼거리 미화미용실의 메케한 연탄불 냄새가 시시때때로 코를 찌른다 아무도 심은 적이 없는 초가 뒷마당 개나리는 3월이면 어김없이 노란 하늘을 더욱 노랗게 물들이곤 했는데 그곳에 맴돌던 나는 어디로 사라졌다가 다시 그 우물곁으로 돌아가고 있는 걸까

뼈에도 꽃이 피는

아이들의 탯줄을 자른 자리

골수 대신 눈물이 고이고

골반에 피어난 하얀 꽃

내가 찌른 무심한 못들이 모여

그녀의 가슴에

안개꽃이 만발하겠구나

온몸이 꽃밭이 되어

뼈에도 꽃을 피우는

그녀의 쉰 몇 번째 봄

여독旅毒

부인도 딸도 없는 노인
요양원 옥상에 앉아
저 아래 행인들을 내려다보네

올라오며 보았던 여인도
몸을 의지했던 난관도
더 이상 올라갈
계단마저 잃어버린
맨 꼭대기 층

노인은 좀 쉬고 싶다고
성경 대신
담배 한 대를 달라하네

종점에서는
구름과 담배 연기가
하나로 만나고 있었네

부산 가는 길

집안 형님 장례식 조문을 위해 부산행 고속열차를 타러 광명역을 가는 길에 직행버스를 놓쳐 시내버스를 탔지 이 고장에 살면서 가보지 못한 마을을 두루 만났네 나분들에 잡초를 뽑는 늙은 부부의 굽은 허리를 지나 물왕저수지 수변에 앉아 햇살을 낚고 있는 중년을 만났지 아파트로 변한 능골마을 신도시에서 버스를 놓친 여학생들의 한숨을 지나 옛날에는 한동네였다는 율포마을의 딸기농장과 재잘재잘 집으로 돌아가는 안서초등학교 아이들의 웃음을 보았네 높다란 빌딩의 그늘을 겨우 피해 옹기종기 구옥들이 모여 있는 공세동을 지나 마침내 뒷골 사거리 광명역 어귀에 아기를 업은 노파의 손수레에 담긴 꽃무덤을 보았네 승용차로 십여 분 거리를 한 시간 반을 돌아 도착한 어둑한 광명역, 부산까지는 두어 시간, 그냥 서울역에서 무궁화호를 탈 걸 그랬어

늙은 우물

수몰된 고향 버드나무 우물을 찾았더니
엄마 모르게 빠트린 검정고무신
반백 년 모래를 껴안고
납작이 누워 있었네

받들던 발가락도, 종아리도,
그 몸통마저 떠나보내고
멈춘 우주의 한 구멍은
건더기 없는
공명空明으로 남아 있었네

우물 밖은 언제나 소용돌이
돌아온 시간은
아무것이나 아무렇게
묶어둔 낡은 보자기였네

첨벙,
두레박을 던지자
늙은 신발 한 짝이
삐걱삐걱 맹물 한 사발을
길어 올리고 있네

황우

사월이면 아버지는 황우의 등에 멍에를 씌운 뒤 쟁기를 걸치고 가자 자자, 새벽 들녘을 나섰다 방과 후 집에 오는 길에 밭두렁에서 만난 황우는 마른풀을 씹고 아버지는 엽연초를 태우곤 하셨다 지칠 새도 없는 여름이 가고 가을 들판 황우 수레에 볏짐이 가득한 날 저녁 쇠죽에는 등겨가루 두어 줌 뿌려주었다 쇠죽을 끓이던 오랜 가마솥 낡은 손잡이가 툭 떨어지던 겨울 아침 늙은 황우는 긴 숨을 몰아쉬며 장터로 나섰고 그날 이후 황우와 아버지가 일하는 모습을 보지 못했다 텅 빈 고향 집 외양간 무심히 자란 풀 너머 아버지 기침소리 껴안은 황우의 두 눈 오늘도 등 뒤로 따라오고 있다 반백 년을 어제처럼,

그믐달

할배의 봉분을 파먹은 여우처럼

꿈을 파먹고 남은 조각

엎었던 바가지 다시 세우며

‘두껍아 두껍아 헌집 줄게 새집 다오’

처녀의 부푼 가슴처럼

설레며 별을 담고 있는 가장 캄캄한 날

어른들에게도 찾아오는

가장 달달한 입술

절망의 끝자락에서만 만날 수 있는

천사의 월경月經

여행주의보

가을에는 여행을 가야지 하고는
가방을 펼치고 장롱문을 열자
장롱 안에는
아래로부터 어두워지는
골짜기들이 매달려 있었다

마치 입국심사대를 지나는
망명자처럼
계곡과 계곡 사이
두려움이 긴 빙폭을 이루고
맨 밑바닥에는 눈물이 고여 있었다

떠난다는 것은
검색대를 통과하는 일
설렘보다 두려움이 앞서는 일
싸던 가방을 내려놓고
장롱을 뒤지고
또 뒤진다

4부
맨 끝에 도착한 발

알맹이의 자서전

껍데기만 꼬깃꼬깃 뭉쳐둔 가시덤불

신의 미소와 사람의 눈을 지키려 둥근 막을 치고

안으로만 감아온 말들

나는 캄캄한 알 속에 갇힌 껍질이었네

뼈를 드러낸 가장 얇은 몸

더 믿거나 덜 믿거나

이미 지나친 길 위에 구르고 있는

껍질 없는 알, 흩어져 밟히고 있는

깨어나지 않는 알맹이였네

맨 끝에 도착한 발

꼭꼭 싸맨 발이 하루 종일 길을 헤매다
어스름 달빛이 기울 무렵
텅 빈 방 앞에서 걸음을 멈췄다

한낮에 만났던 얼굴은
봄꽃처럼 얇고 향기로웠지만
한 닢의 기억도 갖지 못한
백지의 시간이었다

더 이상 이룰 것이 없는
꽃봉오리에 앉은 나비처럼
더 이상 기다릴 것이 없는 가벼운 시간
저 아래 꼼지락거리며
아직 돌아오지 못한
발들의 행렬을 본다

함께 오지 못한 발가락을 기다리다
제 발을 씻어주지 못하는 날
상처를 닦던 피 묻은 손이
제 발목을 닦아주었다

돌고 돌아
발가락이 도착한 문은
생각이 처음 나섰던 문
심장이 처음 뛰었던 문

느보산*에 핀 지팡이 꽃

예배당 계단에 앉은 늙은 모세가 묻는다
여기서 강 너머 그 평야가 보이는가
이곳에 저 강을 건널 지팡이는 있는가
흠칫 놀라 돌아보니 이곳은
눈물로 무덤을 이룬 그의 느보산

돌아보면 돌판을 깬 일이나
혈기로 바위를 친 일 따위가
강 하나 건너지 못할 흠인가 싶다가도
혀를 끌끌 차며 다시 지팡이를 잡는다

성산 아래 강을 건너지 못한
남루한 지팡이 하나
그 마른 가지로 물길이라도 재려 했으나
그저 내려오지 못할 산길을
오르고 또 오르고 있네

40년의 고단한 탈옥도
남루한 제의祭儀로 남았고
지팡이로 지켜 온 사람들도
다 흙이었거니 했지만

단단한 자갈로 따로 앉은 유령들
볼수록 낯선 유령, 유령들이었네

그의 지팡이에는
세상에 없는 꽃이 피고
그 꽃에 묻은 외로움은
느보산 바위 밑에
수맥처럼 오늘도 흐르네

느보산보다 높은 3층 예배당에서
저기 흐르는 사람들을 내려다보네
그가 피우다 만 꽃들을 다시 피우며
나도 마른 꽃처럼
우두커니 앉아 보았네

---

*구약성서에 따르면, 모세가 이스라엘 백성을 이끌고 이집트를 탈출한 지 40년 만에 느보산에 당도하여 가나안 땅을 바라본 다음 120세로 죽었다.

갱생更生의 뿌리

시인 다윗이 원수의 밥상을 저주하는 시편을 읽노라면 문득 오늘 아침 차려진 밥상에 모골이 송연해진다 원수의 밥상이 올무가 되고 평안의 덫이 되게 해달라는 고백은 초월적이기보다 차라리 인간적이어서 오히려 무서웠다 원수를 사랑하려면 먼저 원수가 분명히 보여야 한다 원수를 발견하는 것처럼 충격적이고 두려운 일이 어디 있겠는가 저주가 사랑이 되기 위해서는 먼저 저주의 강을 건너야 한다 그 참혹한 강을 건너온 시인이 그래서 위대하다 거듭남의 뿌리는 모든 것을 용서하는 곳이 아니라 원수를 가장 깊이 저주하는 고통의 길을 따라야 한다는 것을, 갱생의 뿌리는 용서가 아니라 저주였음을

겨울이 찾아온 새벽
저주의 닭울음이 들리고
신생의 뿌리가
누군가의 피로 물든 것을 보았다

주일서정主日抒情

저기 휘청이며 오는 교인들의 날숨소리를 주워 담는 예배당 계단
날마다 외롭거나 상처 입거나 불안한 사람들의 익숙한 들숨을
주일마다 들어주는 벽에 걸린 예수상
그 위 어디쯤 반쯤 깨진 창문 사이로 들어오던 스산한 바람 소리
장의자마다 낙엽이 쌓이고
성경 위에는 말라붙은 나비들이 먼저처럼 폴락거리고
마침내 의식 없는 입례송이 흐를 무렵
구두 대신 슬리퍼를 신은 나는
덜 깬 태양처럼 어스름 웃고는 강대상에 올라가지
오늘따라 예배당이 참 어둡다고 생각할 무렵
맨 뒤켠 어디쯤 남루한 청년 하나
물끄러미 손수건을 만지고 있네
먼 길을 돌아온 나는
순간 예배당의 불을 끄고 싶었네

몽학도蒙學徒

길을 몰라 길을 잃은 적보다
아는 길을 고집하다
길을 놓친 적이 많았네
강단講壇의 위엄이
강단降壇의 위험으로 바뀌는 줄도 모르고
목청을 돋우며 살아왔네

눈을 다친 사람들의
지팡이가 되고자 했던 서른 살은 떠나고
이제 지팡이를 무기로 삼아
눈을 잃은 사람들의
길마저 빼앗으며 살아왔네

강을 건너는 요령에는
강이 마를 때까지
혹은 강이 얼어붙을 때까지
기다릴 줄 아는 것임을
깨닫지도 가르치지도 못했네

그놈의 지팡이 때문에
그놈의 몽학蒙學 때문에

빈 주머니 툴툴 털며
오늘도 뒤따라오는 이들에게
길을 물었네
묻고 또 물었네

아버지의 빈방

아버지의 첫 사람은
언제나 실패

둘째는 엎드린 채 자고 있었고
첫째는 어스름 새벽길
제 그림자를 툴툴 털고
절룩거리며 나서는 외발

멀리서 들리는 막이의 비명
차남은 어떤 비명에도 꿈쩍하지 않아
장남의 장막을 거부하며
얼굴을 바닥에만 보여주지
엎드린 채 하늘을 보는
납작한 바위가 되지

장남의 전설은
비극으로 끝났고
차남은 아버지의 실패를
끌어안는 작은 의자

마침내
첫째의 시간이 실타래에 감기고
둘째가 엎드린 방
바람이 창문을 흔드는 방
눈물로 중얼거리는
아버지 길고 긴 빈방

이름표의 시간 외 근무

주인은 납골당을 부활의 동산이라 이름 짓고
계단 아래 빨간 우체통 하나를 세워두었다
들어오는 이마다 이름표를 붙이고
방에는 문고리 대신
마른 꽃을 달아 주었다

입실한 이름들이 저녁이면 깨어
우체통을 열고 각자의 이름이 적힌
편지들을 한 줄 한 줄 읽는 동안
검은 정장을 입은 관리인은
밤새도록 손전등을 들고
편지를 비추어주곤 했다

편지가 한 통도 없는 날에도
관리인의 손전등이 켜지면
이름표들도 일제히 깨어
납골당 마당의 화단에 핀
물왕초와 프리지아를 어루만지며
시간 외 근무를 하곤 했다

그만 들어가, 그만 들어가

주인은 이름표들의 등을 밀었지만
우체통 앞에 옹기종기 모여
오래된 편지에 밑줄을 긋는 동안
관리인은 어김없이 시간 외 근무를 하지

달빛이 하얗게 부푸는 시간이면
기다림에 지친 이름표들이
우체통 주변에 모여
두런두런 이야기하며
시간 외 근무를 하지
그대여 오늘도 안녕, 하면서

위험한 의식

태초에 세족식은 없었다
사람이 만든 거룩함이란
발바닥에 찍힌 생애의 지도가
흐물흐물 풀어지는
쓸쓸한 주문呪文 같은 것

확인되지 않는 청결의 율법
발보다 깨끗한 손이 아니라면
타인의 발을 씻는 일은
언제나 절벽의 의식

노아의 홍수 이래
무균의 샘은 없었다
정화수에 비친 제사장의 얼굴
그 눈에 티끌은 어찌하랴

새벽을 창조한 신이
사람의 발을 씻는 날
한번만 허용되는 그 위험한 의식에서
나는 내 발에 묻은 지도를
아프게 아프게 떼고 있었네

발을 씻는다는 것은
껍질을 벗겨낸다는 것
발등에 떨어진 하늘을 건진다는 것
발목을 떼어 하늘로 보낸다는 것

갇힌 수도자

내게 낯선 형이 한 분 계셨다
그는 세상의 모순을 전하는 기자였고
그는 시를 쓰는 시인이었고
그는 진리를 전하는 사제였지만
언제나 그의 펜에는 눈물이 묻어 있었고
역사의 피가 흐르고 있었으며
무엇보다 사랑의 십자가
예수의 피가 묻어 있었다

남해 사량도 섬에서
남도 부산을 거쳐
서울과 인천 어디에서든지
그는 한반도의 들꽃이었고
역사의 먼동이 트는 5월의 들꽃이었으며
분단 비극의 상처투성이 유월의 울음이었으며
마침내 광화문 광장
외세의 폭풍우에 맞서는 믿음의 선지였네

그러나 그는,
아 이제 그는 세상 나이 예순 고개를 넘어
연약한 한 몸의 사람이 되었구나

그러한 그가 다시 콘크리트 옥에 갇히어
자신보다 더 사랑하는 조국을 위해 기도하며 노래하는
쓸쓸한 수도자*가 되었네

하늘이여,
이제 그의 노래를 들으소서
그의 노래에 한 점 죄악이 없다면
이제 그를 당신의 품에서 당당히 세워주소서
이 어둡고 습한 이 땅에
오직 당신의 빛으로 사용하소서

*이적 목사

나도 가을의 기도를 드릴 수 있을까

질긴 것들의 몸집은 늘 작아

낮게 신神을 부르지

보일 듯 보이지 않는 제 모습처럼

그의 향기는 올라오지 않고

꽃등이 잘리고 줄기가 잘려

푸른 피 흐르는 비명이 되어야

고개를 갸우뚱 내리는 하늘

밟힐 때마다 울리는

낮은 것의 기도

질긴 것의 기도

하늘은 저만큼 멀고

땅에는 죽어가는 것들의 천국

모든 것이 노랗게 물들어가는 시간

나도 가을의 기도를 드릴 수 있을까

하산下山

천등산 정상에서
신神의 사인을 받았으니
그만 내려가야지
결심했었지

그냥 내려가야 할 길을
계시 받은 것처럼
산 아래로 내려가는
내 등 뒤로 일몰의 고요가
그림자처럼 따라오고 있었네

사람들이 산을 내려오면
왜 하산주를 마시는지
휘청이며 부르는
박달재 노래의 곡조가
왜 슬프고도 즐거운지
알 듯도 하네

답습踏襲

얘들아 미안하다 잘 살지 못해서
아버지의 유언이었다
얘들아 미안하다 줄 것이 없어서
어머니의 유언이었다
얘들아 미안하다 얼른 대답하지 않아서
예수님의 말씀이었다

아, 얘들아
내 말이 길었구나
미안하다

| 해설 |

저 아픈 순례자의 길

—김윤환 시집 『내가 누군가를 지우는 동안』 읽기

오민석(문학평론가·단국대 교수)

1.

신에 대한 사유가 부족한 한국 문학사에서 김윤환 시인은 독특한 자리를 차지한다. 사실 '신-의식God-consciousness'이야말로 인류의 가장 보편적인 의제이다. 그러나 먼 고대로부터 현대에 이르기까지 신-의식은 갈수록 위축되어 왔다. 그것은 18세기 이래 이성理性과 과학에 대한 절대적인 신뢰 덕택에 더욱 가속화되었지만, 신을 죽이고 신에게서 멀어질수록 인류가 자신의 힘(이성과 과학)으로 더 행복해졌다는 증거는 없다. 인류의 내밀한 정동affect을 보여주는 문학작품의 오랜 역사를 보면, 고대에서 중세, 르네상스, 근대, 현대로 넘어올수록 절망, 좌절, 부조리, 무의미, 비일관성, 고통의 주제들이 문학 텍스트를 점점 더 크게 점유하고 있다. 좌절과 절망은 모더니즘 문학의 브랜드이고, 고통을 말하지 않는 문학은 이제 가짜로 취급받는다. 이런 현상은 신과의 친교를 상실한 인간이 신을 대체할 아무것도 찾지 못한 채, 갈수록 제 갈 길을 잃고 헤매고 있다는 확실한 증거가 된다. 좌절과 고통은 이제 문학 텍스트에서 징후가 아니라 거의 상투적일 정도로 흔한 주제가 되어버렸다. 이제 모두 다 너무 아프며, 그 아픔을 솔직히 드러낼 수밖에 없는 단계에 온 것이다. 자고로 위대한 문학은 이전투구의 현실을 다루면서도 그 너머의 세계를 고민한다. 인간의 '이전투구'는 모두 인간의 '결핍' 때문에 생기는 것이고, 그 결핍에 대한 솔직한 인정은 자연스레 그 너머의 세계에 대한 사유를 낳기 때문이다. 김윤환 시인은 객관 현실의 어두운 웅덩이들을 들여다보면서도, 아주 가까이 우리를 응시하고 있는 신의 눈길을 본다.

새벽을 창조한 신이
사람의 발을 씻는 날
한번만 허용되는 그 위험한 의식에서
나는 내 발에 묻은 지도를
아프게 아프게 떼고 있었네

발을 씻는다는 것은
껍질을 벗겨낸다는 것
발등에 떨어진 하늘을 건진다는 것
발목을 떼어 하늘로 보낸다는 것

「위험한 의식」 부분

그가 말하는 신은 '창조주("새벽을 창조한 신")'이자 "사람의 발"을 씻는 존재이다. 그 신은 저 먼 곳에 있으면서, 동시에 사람 몸의 가장 낮은 곳, 가장 더러운 곳에 내려와 그것을 씻는 존재이다. 그의 신은 자신과 피조물 사이의 거리를 순식간에 지우는, 그리하여 연민이나 공감이 아니라 자기가 만든 피조물의 아픔에 통감痛感, compassion하는 존재이다. 그 '의식'을 인간인 성직자가 대행할 때, 성직-주체는 남의 발을 씻으면서 자신의 "발에 묻은 지도를 / 아프게 아프게 떼"어낸다. 하늘이 스스로 인간의 발등까지 자신을 낮출 때, 인간이 할 수 있는 가장 거룩한 일은 발등에서 "하늘을 다시 건"져 "하늘로" 다시 보내는 것이다. 신에 대한 사유의 층위는 얼마든지 다양하다. 개중에는 저 높은 곳을 바라보며 자기가 서 있는 이곳의 비참함을 새까맣게 잊는 고고한(?) 사유도 있다. 이와 반대로 김윤환 시인은 홍진紅塵에 몸을 묻고, 그곳에 내려와 있는 신을 만나고, 그의 손가락이 가리키는 곳을 본다. 말하자면 그의 시의 스펙트럼은 저잣거리에서 신 사이에 걸쳐져 있다.

껍데기만 꼬깃꼬깃 뭉쳐 둔 가시덤불

신의 미소와 사람의 눈을 지키려 둥근 막을 치고

안으로만 감아 온 말들

나는 캄캄한 알 속에 간힌 껍질이었네

뼈를 드러낸 가장 얇은 몸

더 믿거나 덜 믿거나

이미 지나친 길 위에 구르고 있는

껍질 없는 알, 흩어져 밟히고 있는

깨어나지 않는 알맹이였네

「알맹이의 자서전」 전문

김윤환 시인은 종종 자신을 어딘가에 갇힌 존재로 묘사한다. 「유리병이 아니었다면」이나 「무우」 같은 시에서도 이런 인식을 발견할 수 있다. 위에 인용한 시에서도 시인은 자신을 "캄캄한 알 속에 갇힌 껍질", "깨어나지 않는 알맹이"라고 묘사한다. 그의 시가 섣부른 잠언 담론 혹은 교화 담론으로 빠지지 않는 것은 이런 치열한 자기반성 때문이다. '갇힘'에 대한 인식은 '열림'의 존재에 대한 인식 때문에 발생한다. 그리고 이 '갇힘'과 '열림'은 "사람의 눈"과 "신의 미소"에 걸쳐져 있다. 그는 성직-주체의 완전성을 인정하지 않는다. 모든 성직-주체는 결국 인간-주체이며, 피조물인 인간의 정념과 욕망과 약함과 결함에서 자유롭지 않다. 그는 같은 인간으로서 신의 말씀을 전하는 성직-주체이지만, 자신을 동료 인간들과 구분하지 않는다. 그는 현세에 완전히 밀착된 상태에서 먼 구원을 바라보는 순례자이다. 그는 현세와 구원이 환유적으로 겹쳐진 길을 간다. 이것은 형편없이 결핍인 한쪽을 끌어안고 그 자체 완전인 다른 쪽으로 가는 일이다. 무릇 순례자의 고통은 이 양자 간의 좁혀지지 않는 거리에서 생겨난다.

지구 밖으로 자신을 던지는 일은
언제나 엉금엉금 별을 찾아가는 일

자기 안으로 우주가 들어오는 일

「오체투지各論」 부분

"오체투지"는 절망과 희망을 한 몸에 안고 세상의 바닥을 기는 순례자의 모습이다. 순례자는 언뜻 멀리 있는 것 같은 신을 힘들게 찾아가지만("엉금엉금 별을 찾아가는 길"), 순례자와 신 사이의 거리는, (그 멀리 있는 것 같던) 신이 순례자 안으로 들어올 때, 일순간에 사라진다. 김윤환의 신은 인간의 몸을 입고 사람의 발등으로 내려온 신이다. 이렇게 "자기 안으로 우주가 들어오는 일"의 순간에 순례자와 신 사이의 '상호내주相互內住, Perichoresis'가 이루어진다. 순례자의 고통이 상쇄될 수 있는 잠재성은 바로 이 지점에 있다.

얘들아 미안하다 잘 살지 못해서
아버지의 유언이었다
얘들아 미안하다 줄 것이 없어서
어머니의 유언이었다
얘들아 미안하다 얼른 대답하지 않아서
예수님의 말씀이었다

아, 얘들아
내 말이 길었구나
미안하다

「답습(踏襲)」 전문

"미안하다"는 아버지와 어머니와 예수님과 내가 한데 겹쳐지는 기표이다. 신은 인간의 발등에 내려와 '사랑'을 가르친다. 사람이 그런 신을 믿을 때 신은 사람 안으로 들어온다. 이 완벽한 중첩의 공간을 소망하며 순례자-시인은 오늘도 온몸으로 세상의 바닥을 긴다.

2.

존재의 '약함(부서지기 쉬움)'은 다양한 형태로 나타난다. 김윤환 시인은 궁핍의 하부下部가 무엇인지를 잘 안다.

대문을 열고 왼쪽으로 돌아가면
창고로 쓰던 반지하방을 월세 5만원에
몇 년을 옥살이처럼 산 적이 있었다
일터에서 돌아와 문을 열면
어둠은 기다렸다는 듯 내 품에 안겼고
나는 그것이 무서워
창이 있었으면 좋겠다 싶어
가장 어두운 쪽에 창을 그리고
거기에 해를 그려 넣었다

…(중략)…

들어오고 싶지 않는 방에도 달력은 있었고
아무 것도 적히지 않는 빈칸마다
따라갈 수 없는 시인의 시를 채우곤 했는데

시인과 흘러내린 창문과 어둠이
늡늡한 노래가 되어 아침이면 내 등을 적시곤 했다

「벽화」 부분

"옥살이" 같은 가난은 김윤환 시인이 지나온 오체투지의 한 과정이다. 시인은 이 시를 이 시집의 첫 페이지에 넣었다. 이런 점에서 가난은 김윤환 시인이 겪은 세계의 대표적인 파사드 facade이다. 화자는 창이 없는 어두운 벽에 창과 해를 그린다. 화자는 "아무것도 적히지 않는 빈칸마다 / 따라갈 수 없는 시인의 시를 채우곤" 한다. 이 두 행위는 소망의 '상상적 해결'이라는 점에서 같다. 예술은 현세에서 채워지지 않는 욕망의 상상적 충족이다. 예술은 늘 완벽한 유토피아의 상태를 꿈꾸며, 그런 천상의 시선으로 볼 때 현세는 늘 결핍이다. 예술이 현세 너머의 세계를 사유하는 것은, 바로 이런 이유 때문이다. 그러할 때, 결핍의 현실은 그 자체 예술의 질료가 된다.

아버지가 늑막염과 폐결핵으로 전남대학병원에 입원하자 서울 큰형이 그날 아침 일찍 병실을 다녀가고 어렵사리 군대를 제대한 둘째 형이 취직을 한다고 도청 앞에 도장을 파러 갔다 나는 엄마를 모시고 병원을 가는데 대낮부터 일단의 군인들이 우르르 쏟아져 나왔다 송정리에서 도청으로 가는 길에 버스가 더 이상 운행하지 않았고 병원까지 걸어서 가는 길에 엄마는 "야, 아가 뭔 전쟁이 났다냐? 어찌 이리 뒤숭숭 하다냐?" 멀리서 들리는 총성, 병원 앞에 즐비한 쓰러진 사람들 낯익은 둘째 형의 봄 점퍼에 흥건한 혈흔 어머니는 이내 혼절했고 아버지는 그날로 각혈이 심해졌다 아무도 쏘지 않았는

데 탄흔은 선명했고 겨누지 않는 탄착점에 큰 관통이 생겼다

「탄착점」 부분

결핍을 바라보는 김윤환 시인의 시야는 개체의 가난만이 아니라 사회·역사적인 "탄착점"을 향해 있다. 이 작품뿐만 아니라 문익환 선생의 생애를 그린 「늦봄의 문門」, 가족사를 통해 분단의 역사를 형상화한 「수세미오이꽃」 같은 시들은, 그의 시야가 개인을 넘어 사회·역사적인 지평으로 확산하여 있음을 보여준다. 결핍을 개인만이 아니라 총체적 서사의 층위에서 바라본다는 점에서 김윤환 시인은 리얼리스트이다. 그러나 그가 여타의 리얼리스트들과 구분되는 것은 그의 시선이 개인과 사회적 현실에 멈추어 있지 않고 신의 존재를 향해 있다는 것이다. 이런 점에서 그의 스펙트럼은 잠재성의 극단까지 가 있다. 그는 개인의 고통이나 사회적 아픔을 삭제한 초월의 세계를 노래하지 않는다. 그에게 있어서 신은 희미하고 공허한 형이상학의 신이 아니다. 그에게 신은 초월적 존재이면서 동시에 '지금, 이곳'에 내려와 아픔의 발등들을 어루만지는 존재이다.

이 땅의 시인이면 무엇하랴
이 땅에 목사이면 무엇하랴
평화를 노래할 수 없다면
무덤을 비추는 빛을 볼 수 없다면

「늦봄의 문(門)」 부분

그가 생각하는 "시인"과 "목사"의 개념 역시 그가 앙망하는 신

의 형상을 닮아 있다. 인간의 옷을 입고 지상에 내려와 나무에 매달린 신처럼, 그에게 있어서 예술가와 성직자는 현세의 고통을 외면하지 않는다. "무덤을 비추는 빛"이야말로 고통의 현세("무덤")와 궁극적 희망("빛")을 노래하는 김윤환 시인의 세계를 잘 요약하는 기표이다. 그는 무덤의 아픔을 몸에 새기고 빛의 도래를 쳐다보며 지친 걸음을 옮기는 순례자이다. 그러므로 그가 시인이자 동시에 성직자인 것은 얼마나 지당하고 자연스러운 일인가. 그의 문학은 그의 겹-주체성(시인-성직자)의 구현이고 실현이다.

3.

그는 신이 부재한 현실 혹은 현실 부재의 신을 이야기하지 않는다. 그의 시 세계가 신뢰를 얻는 것은 그가 현세와 신이라는 두 가지의 묵직한 추를 동시에 가지고 있기 때문이다, 현세는 신의 중력 때문에 희망을 버리지 않을 수 있고, 신은 현세의 중력 속에 존재하므로 공허하지 않다. 그러나 김윤환의 시 세계를 묵직하게 잡아주는 것은 이런 구도 때문만은 아니다. 그는 누구보다도 치열한 자기 성찰의 힘을 가지고 있다.

얼마나 감추어야

그 껍질이 투명해질까

터질듯한 가면의 무게

나를 찢으니 사자가 나왔네

나를 찢으니 뱀이 나왔네

나를 찢으니 개가 나왔네

나를 찢으니 무신이 나오고

나를 찢으니 별이 나오고

나를 찢으니 몹쓸 시가 나왔네

몹쓸 시를 찢으니 내가 나왔네

시를 찢는 내가 나왔네

찢을수록 단단한 내가 나왔네

「판도라」 전문

혹독한 자기반성은 자기 안의 다양한 주체의 모습들을 끄집어낸다. 화자는 사자이면서 뱀이고, 뱀이면서 개이고, 개이면서 별이고 "몹쓸 시"인 자신을 고백한다. 제일 마지막 행의 "단단한 내" 역시 긍정적인 의미를 담고 있지 않다. 왜냐하면 이 '단단함'은 "껍질"의 단단함이고, 그리하여 찢어야 할 대상이기 때문이다. 화자가 열거하는 "판도라"라는 제목은 이 수많은 '나'들에 대한 반성의 강도를 더욱 심화시킨다. 그것은 다름 아닌 내부에서 내부를 "찢는" 힘이기 때문이다. 순례자의 고행이 영혼의 깊이를 더하는 것처럼, 김윤환의 이와 같은 자기 찢기는 현세와 신을 대하는 그의 자세를 더욱 신뢰하게 해준다. 고단한 순례자의 무릎에서 피어오르는 빛의 무리처럼, 김윤환은 "엄동"의 자기 성찰 속에서 "꽃을 피우는 시인"(「시인의 나라」)이다.

초록에도 제 꽃잎을 떨구는

그리움과 사라짐의 중간 어디쯤

이슬이 햇살에게

입술을 맞추고 있네

「이슬의 시간」 부분

앞에서도 살펴보았지만, 김윤환 시인의 세계는 겹-구조의 중첩으로 이루어져 있다. 김윤환에게 있어서 현세/하늘, 인간/신, 개체/사회는 서로 분리된 두 개의 영역이 아니다. 그에게 있어서 이런 대립항들은 서로 겹쳐 있고, 서로에게 스며들어가 있으므로 이미 대립항이 아니다. 그는 이분법적 사유의 소유자가 아니라, 겹-존재에 대한 겹-사유의 소유자이다. 위 시에서도 "이슬"과 "햇살"은 서로 입술을 맞춤으로써 분리된 두 세계가 아니라 겹쳐진 '이슬-햇살'의 복합체가 된다. 그는 "그리움"과 "사라짐"이라는 별도의 두 세계가 아니라, 그것들이 서로에게 스며들어 내주內住하는 '그리움-사라짐'이라는 한 덩어리의 "중간 어디쯤"을 들여다본다. 이 시집은 이렇게 끝내 연결되어 있는 복합물들에 대한 사유이다. 그는 인간 속에서 신을 사유하며, 신을 통하여 인간을 본다. 그는 유한성 속에 내주하는 무한성을 읽는다. 이렇게 서로 중첩된 긴 스펙트럼의 순례길에서 그는 궁극의 빛, 절대적인 신성을 고통스레 찾아간다. 이 시집은 그 고단한 여행의 다양한 풍경들이다.

시인 김윤환
1963년 경북 안동에서 태어났다. 1989년 『실천문학』에 시를 발표하며 작품 활동을 시작했으며, 시집 『그릇에 대한 기억』 『까띠뿌난에서 만난 예수』 『이름의 풍장』, 논저 『박목월 시에 나타난 모성 하나님』 『한국 현대시의 종교적 상상력』 등을 펴냈다. poemreview@daum.net

모악시인선 023
내가 누군가를 지우는 동안

1판 1쇄 발행일 2021년 7월 16일
1판 2쇄 발행일 2022년 1월 10일

지은이 김윤환
펴낸이 김완준

펴낸곳 모악

기획위원 김유석, 유강희, 문신
출판등록 2016년 1월 21일 제2016-000004호
주소 전북 전주시 덕진구 기린대로 418 전북일보사 6층 (우)54931
전화 063-276-8601
팩스 063-276-8602
이메일 moakbooks@daum.net

ISBN 979-11-88071-32-6 03810

* 이 시집은 경기도 시흥시문화예술지원금을 받았습니다.

값 10,000원

나타났다

모악시인선 4

나타났다

정동철

모악

© 김성철

시인의 말

여기까지 오는데
너무 오래 걸렸다
내게 詩가 무엇인지

존재론적인 의문과
의미론적인 질문 사이에서 많이 서성거렸다

서둘러 끝내고 싶은 마음이 없었던 것은 아니지만
질문을 피하지도 않았다

지금까지 내가 아는 것은
아직도 나는 모른다는 것이다

2016년 9월
정동철

차례

3부 천 개의 술잔과 입을 맞추다

1부
아무렇지 않게 혼자가 되었다

폭설

마침내

나는

세상과 끊어졌다

노루

평평 내리는 함박눈을 데리고 노루 한 마리가 우리 집 마당까지 들어온 날이 있었다 내 주먹만큼 큰 눈망울을 굴리며 기웃거리는 꼴을 식구들은 멍하니 바라보고만 있었다 그때 처마에서 고드름이 툭, 하고 떨어지는 통에 나는 깜짝 놀랐는데 그 짐승 움찔 뒷걸음질 몇 번 하더니 이내 콧등을 들어 허공을 핥는 것이 아닌가 가느다란 목을 곧추세워 한숨처럼 콧김을 뱉으며 털썩 마당 한가운데 주저앉는 것이 아닌가 집안으로 들어온 짐승 잡아먹으면 죄로 간다고 할머니는 처마 밑에 곱게 말라가던 무청 시래기를 한 짐이나 내주셨다 이곳저곳 눈치를 살피던 그 짐승 이내 겁도 없이 시래기를 다 씹어 먹고는 허위허위 산으로 돌아갔는데

귀를 쫑긋거리며 몸을 부르르 떨어 눈을 털어내고 노루는 우리 마을 뒷산을 혼자서 걸어갔을 것이다 고드름이 문살처럼 쳐진 마루에 앉아 아버지와 내가 오래된 넉가래를 꺼내 손을 본 다음 동지 팥죽을 푹푹 퍼먹을 동안 노루는 찍어놓았던 제 발자국을 한 발 한 발 되짚어 발목을 눈 속에 감추며 제가 살던 곳으로 갔을 것이다 눈이 그친 산길에는 떡갈나무며 상수리나무들이 살짝 스치는 바람에도 은 같고 금 같은 눈가루를 아주 조금 뿌려줬을

것이고 노루는 등에 반짝반짝 떨어지는 그 작고 가벼운 보석들을 하얗게 체온으로 녹이며 걸어가다가 뒷산 꼭대기에 올라 자기가 걸어온 길을 되돌아보았을 것이다 간혹은 빨간 산수유 열매에 코를 대보다가 숨죽인 듯 엎드려 저녁 햇살을 받고 있는 산 아래 사람의 마을을 말없이 바라보았을 것이다

눈이 쌓여서 세상으로 나가는 길마저 지워져버린 밤 하던 일 작파한 채 내가 걸어왔던 길 되돌아보면 이빨 딱딱 부딪쳐가며 나, 겁도 없이 한 마리 노루가 되어 눈밭을 걸어온 것은 아닌가 싶은데 이러다가 내일 아침이면 눈 속에 집이 파묻혀버릴 것 같고 그 산으로 돌아가고 싶어 나, 눈 덮인 산길을 따라 노루 발자국을 좇는 꿈을 꿀 것만 같다 노루 눈망울처럼 까만 한 점이 또 다른 까만 점을 쓸쓸히 따라 걷고 있는 참으로 쓸쓸한 풍경을 꿈속에서 보게 될 것 같다 그렇게 긴 긴 밤을 뒤척이다가보면 내 생각에도 노루 털처럼 부드럽고 따스한 거웃이 돋아날 것 같기도 한 밤이다

나비

하얀 낱장을 펄럭이며
그 여자가 왔다
묵은 풀을 매고
살구나무 쳐진 그늘을 잡아 올리는 동안
담장 너머를 서성거렸다
곤하면 잠깐 마루에 앉아 쉬어가도 좋다고 하였으나
배추밭 가장자리 미타리꽃 위에 앉았다

다소곳이 고개 숙이고
얇은 낱장만 펼쳤다 닫았다 하길래
산 그림자가 안마당을 덮고 나서야
낱장을 열어보았다
글귀는 한 자 없고
흰 화선지 위에 눈물자국만
눈물자국만 두어 방울 번져 있었다
차라리 펴보지 말 걸
산 그림자가 마을을 다 덮고 난
뒤에야 깨달은 일이다

겨울편지

아침에 눈을 뜨니 온 세상이 다 하얗다 밤새 분분하던 눈발도 자고 겨울이 문턱까지 와 있다

숟가락 놓기가 무섭게 조카 녀석은 장대를 들고 고드름을 따러 뒤란을 뛰어다니고 참새 몇 마리가 물어다 둔 아침햇살이 후두둑 처마 밑으로 떨어졌다

햇살 시린 아침나절 내내 할머니는 화로 앞에 앉아 호청을 다려 풀을 먹이고 대청마루에 걸터앉아 내가 얼레며 풀무를 손보는 동안 연하장을 들고 우체부가 다녀가고 웃집 할머니가 동지죽을 쑤어가지고 왔다

무국에 얼큰하게 점심을 말아먹고 싸리비로 고샅을 대충 쓸고 장독대에 얹힌 눈을 치우다가 바람이 몹시 불어 눈발이 희끗희끗 날리는 저녁 무렵에는 매화 묵은 꽃잎들을 펼쳐보았다

자객처럼 눈발이
어둑해진 방문으로 스며드는 소리를 듣는다

나는 아무렇지 않게 혼자가 되었다

나타났다

나타났다
라는 말이 힐끗 내 기억 저쯤에서 모습을 보였다

– 엄마, 엄마
　나타났다, 라는 말이 무슨 말이야?

저녁노을 속으로 나와 누이와 동생들이 숨어들었다
이불을 뒤집어쓰고 소곤소곤 구구단을 외웠다
아침이면 책가방을 들고 논둑길을 걸었다
논둑길을 따라 배미콩 포기들이 하늘거리고 있었다
꽁지 붉은 잠자리들이 날아다니고 있었다
저녁은 금세 황톳길까지 숨차게 달음박질쳐 왔다
엄마는 논둑길을 걸어 집으로 돌아오고 있는 중이었다

– 나타났다는 말은 어딘가에 몸을 숨기고 있다가
　갑자기 모습을 드러내는 것을 말하는 거야

숨어있다는 말
몸을 웅크리고 때가 되길 기다리는 말
갑자기 나타나는 말

남부시장 한 모퉁이 채소를 팔던 할머니가 나를 외면했을 때
서둘러 떡집 골목 쪽으로 발걸음을 옮겼던 그 말

내 마음 속 어딘가 모습을 숨겼던
귀신고래처럼 기억의 심해 속에서 잠들어 있던
그 말이 내게 나타났다

할머니

아버지 소처럼 말씀하시네

눈송이 몇 점 손님처럼 찾아간 날
더 이상 견딜 것도 더 탕진할 것도 없는 나는 집으로 내려갔다
굴뚝에서 쇠죽 끓이는 연기가 흰 팔뚝을 들어
눈 덮인 지붕을 버텨 올리는 참이었다
늙은 암소 등을 빗질하며 나직나직 하시는 말씀이 외양간 밖으로 새어나오는데
눈을 머리에 인 단풍잎들이 고개를 이기지 못하는 것을 고향집은 아는 것이다
구수한 쇠죽 냄새가 등을 토닥거려주자
처마 밑으로 녹다만 눈덩이 하나 툭 떨어지는 것이다
그렇게 염치 하나 툭 떨어져도

할 말이 없는 거다
푸우—푸 뜨끈한 여물을 먹으며
늙은 암소가 입김을 불어가며 메주콩을 씹더라도
이 세상 모든 구멍이란 구멍마다 후끈거리는 몸으로 가득하더라도
소에게도 할 말이 없는 거다
그래, 겸연쩍게 얼굴을 들고 외양간 문을 엿보는데
부엌에서 저녁 짓다가 어머니 힐끗 보고 하시는 말씀

아서라
느아부지가 지금 소허구 말씀을 허신다

이 한 마디가
짚을 썰어 가마솥에 넣고 잘 마른 콩깍지와 쌀겨를 뿌리고
찬물 두어 동이 붓고는 풍구를 돌려가며 쇠죽을 쑤고 계시던 아버지를
외양 밖으로 불러내시는 것이었다

눈송이 몇 점 또 손님처럼 오시는 것이었다

허공 위에 뜬 집

느티나무 가지 사이로 빠르게
추운 햇살 한 묶음 지나가던 집
겨울바람이
손가락으로 추운 방 안을 후벼 파내던
동화 속의 하얀 집
왜 아버지는 거칠고 마른 삭정이만 골라
허공 위에 집을 지으셨을까

잠들 때마다 등을 쿡쿡 찔러대던
낡고 불편한 나뭇가지의 집
밥알 같은 눈발들이
지붕 낮은 집들을 지워버리는 동안
얼어붙은 강물은 큰 소리를 지르며
제 몸에 칼을 긋고 있었다

식구들의 하루는 공중에 떠 있었다
사방연속무늬 속에 갇혀
귀 시린 날들을 지우개로 지웠다
지워도 지워도
잠이 오지 않는 겨울밤에는
눈밭에 나가 벌건 연탄집게로 숙제를 했다

쩡쩡 고드름이 자란 아침이면
죽은 새들을 주우러 강변에 나갔다
동생과 내가 접어 날린 종이비행기들
한 무리 되새 떼가 되어 이리저리
공중에 휩쓸리고 있었다

허공 위에 뜬 집에서 우리는
조금씩 키가 컸고 담배를 피웠고
콧수염이 자랐고 군대를 갔다 왔다
불안한 어른이 되었다

금강 하굿둑에 가서

물은 흘러가는 것이 아니라 달려가는 것이야 봐라 넘실대는 손아귀 가득 설움을 그러쥐고서 나아가는 물살을 물밑의 앙금까지 건져 올려 풀어주고 용솟음치고 가끔씩 주저앉지만 다시금 일어서는 것 좀 봐라 거칠고 모난 놈들 가슴에 품고 어르고 달래 한 세월 삭여 배알 있게 푸들거리는 물고기를 키워내는 게지 마른 땅이면 적시고 못된 놈이면 후려치는 게야 끄리고 살다가 반질반질한 돌멩이 몇 알 사리(舍利)처럼 남기고 가는 것이지 그렇게 살다 바다에 이르는 것이야 그제사 홀가분하게 가라앉아 틈틈이 이승 소식 궁금하다고 일자 소식 전하는 게지 무심한 이녁 사람들 잘 있냐고 기별하는 것이지

울적한 마음 달래러
금강 하굿둑에 갔다가
할아버지 말씀 듣고 왔다
생전 그 또렷한 예서체로
방파제 위에 휘갈겨놓은 할아버지 말씀

뜸, 뜸, 뜸부기

그 뜸부기 새끼 한 마리
어찌 되었지
새카만 털이 뽀송뽀송하고
내 손가락 다섯 마디 안에서
삑 삐–익 울어대던

동당거리며 안방을 돌아다니던
검고 큰 눈망울
이 방 저 방 방벼락마다 물개똥을 싸발리던
뜸부기 새끼 한 마리
할머니 경대 뒤로 들어가
저녁 먹을 참이 되도록 나오지 않던

먼 뒷날까지 내 애를 태웠던
그 놈은 지금 어찌 되었지
어디쯤서 뜸, 뜸, 뜸을 들이며
나직나직 후렴도 없는 노래를 부르고 있을까

오래된 우물

열 살 때였던가 마을 공동 우물에 내려가 물을 품어 올린 적이 있다 마을 어른들 잘한다는 칭찬에 그 밑에 있는 동전은 다 니꺼라는 동네 삼촌들 사탕발림에 발 시린 우물 바닥에 내려간 일이 있다

물을 품어 두레박으로 퍼 올리며
두레박에서 떨어진 우물물로
쪼그라든 내 자지와
벌거벗은 내 어린 몸뚱이가
우물 벽에 낀 파란 이끼처럼 싸늘해져 가도
하늘로 올라간 누이 기다리듯 우물 위쪽을 바라 봐도
두레박만 다시 내려올 뿐
우물은 바닥을 보이지 않았다
기다리던 동전 몇 닢을 왼손에 쥐고
바닥을 긁어가며 두레박을 올릴 때
그때 내가 본 것
파란 안광을 번쩍이며
우물 벽 사이 쌓아 놓은 돌 틈에서
나를 바라보던 것
오래 된 우물에만 산다는 두꺼비였을까
마을을 지킨다는 이무기였을까

소스라치게 놀란 내 어깨를 사람들 손이
하늘에서 내려온 동아줄처럼 잡아주지 않았다면
기진할 뻔 했던
어머니 부지깽이에 얻어터질수록 또렷하게 떠오르던
찰방거리던 우물 속
파랗게 빛나던 눈동자

포릉포릉

흰 눈이 소복이 쌓인 겨울날 아침이었다
할아버지 먹다 남은 소주에다
씨나락 한 움큼 담갔다가 양지쪽에 뿌려놓았다

동생이랑 부엌문 뒤에 숨어서
참새들이 쪼아 먹는 것을 지켜보다 뛰어나가면
날아올라 탱자나무 숲에 앉았다
작은 머리를 좌우로 갸우뚱
갸우뚱, 가지에 앉아있던 참새들
검은 탱자가시에
얼다만 눈이 반짝이며 날리고 있었다

발소리 한 번 쿵 울리며 다가가면
참새들이 떨어져 내렸다
포르릉 날개 짓 한 번
갈지(之)자를 그리며 자유낙하 한 번
포릉포릉 날개 짓 두 번
갈지자를 완성하며 자유낙하 두 번
술 취한 참새를 구워먹으며
할아버지는 뒷머리를 쓰다듬어 주셨지만
그날도 어김없이 눈이 내렸다

똑바로 살고 싶었다
비틀거리지 않으려고 앞만 보고 걸었다
어깨에 내린 눈을 털다가 문득 뒤돌아보니
걸어온 길이 갈지자다
가끔은 뒤도 돌아보며 살아야한다고
함박눈이 내 어깨를 툭툭 치며 위로하는 밤

홀딱 벗겨

한여름 밤
등목 하러 간 누이들 훔쳐보러 가면
홀딱새가 운다

홀딱 벗겨

어둠 속이어서 더 흰 몸뚱이로
두레박 찬 물이 쏟아지면
달빛에 튀어 오르는 물 알갱이들 사이

옹헤야

키득거리며 등목을 하는 누이들
애기 소리에 귀 기울이다
고양이 울음소리에 놀라 자빠지고

엇절 씨구

기척 듣고 달려 온 누이들
어린놈이 징그럽다고
등짝에다 손바닥 매만 찰지게 얻어맞았다

옹헤야

배추흰나비떼를 따라가다

지팡이로 톡 톡 사립문을 두드리며
구부정한 허리를 펼쳤다 오므리며 어머니 돌아오시네
한 걸음
두 걸음 두드릴 때마다 앞뜰이 연초록 물결을 일으키네
발걸음을 따라 어머니의 오솔길이 절뚝거리고
긴 머리 땋아 내린 어릴 적 고향 길도 따라 오네

봄볕이 당신 손을 타고 땅으로 흐르는 것을
지팡이도 알고 있네
알았다는 듯 어깨를 끄덕이며 다음 발자국 내어주네
눈을 감고 땅 속에서 들려오는 소리 듣느라
조금씩 자신의 몸을 내어주는
숲속의 검은 나무들 바람은 자꾸 발을 헛딛는데

어머니 지금 무슨 색깔의 봄을 틔우고 있는 중이신가
지팡이 두드릴 때마다 수많은 아지랑이들이 일렁이네
이끌면 이끄는 대로 화창한 봄날이 되네
걸음을 옮길 때마다
배추흰나비떼 환하게 날아오르네

늦봄

봄비가 내리는 날이었던가요
노랗고 빨간 우산을 쓴 햇살
종아리가 비에 젖지 않도록 폴짝
깨금발을 짚고 언덕길이 달려가고요
보일 듯 말 듯 앞가슴을 여민
버드나무가 긴 머리를 풀어헤치고요
물오리들은 고개를 끄덕끄덕
연못 속에 햇살을 감추고요
연못은 동그랗게 젖이 불어
젖이 불어 넘치는 젖줄기를
둠벙배미가 꼴깍 꼴깍 받아먹고요
살진 둠벙배미 엉덩이를
찰싹찰싹 내려치는 건
우리 어머니 삽날이고요
아지랑이가 피는 텃밭에선
저 혼자 끙끙대며 마늘 싹들이
저보다 무거운 흙더미를 밀어 올리고요
그래요 그날 하루쯤
봄비도 봄을 잊은 것 같습니다

집

허벅지 살 허옇게 베어내 할머니 오래 앓은 담을 내리듯 속 시원한 동치미국이 있던 집.

그 삽소롬한 동치미 국물에다 동지죽 한 사발 푹푹 퍼먹을 수 있던 집.

살다 살다 이보다는 낫게 살아보자고 서울로 등짐보따리 싸던 집.

그렇게 삼년 살다 미운 일곱 살로 찾아왔어도 군소리 없이 바라보던 집.

제사상에 올린 닭고기 먹으려고 밤새 기다리다 아침에 눈을 뜨면 허전한 집.

공부 안한다고 공부 안하면 애비처럼 땅이나 파먹고 산다고 엎드려뻗쳐 삼십분 하던 마당이 있던 집.

학교 갔다 와서 마당 한 번 쓰윽 싹 쓸어놓으면 우리 손자 다 컸다고 할머니 머리 쓰다듬어 주던 집.

설날이나 명절이면 동네 삼춘들 할아버지한테 세배하고 윷놀이하며 놀던 집.

작은 삼춘 논일 하다 말고 들어와 막걸리 한 사발 축이고 나가던 집.

아버지 담배 몰래 피우다가 혼찌검이 났던 집.

장독대에 감춰놓은 홍시 찾다가 항아리 깼다고 매 맞고 쫓겨났던 집.

수학여행 가던 날 컴컴한 동구 밖으로 어머니 따라 나오며 만 원짜리 지폐 한 장 꼭꼭 접어 내 손에 쥐어주던 집.

쇠비름 꽃이 무성하게 피고 비름 작은 알갱이들이 아침 이슬에 반짝이는 텃밭에 솔이파리가 쑤욱 쑥 자라던 집.

베어도 베어도 그 솔이파리 쑥쑥 커서 초봄부터 늦가을까지 고추장과 비비면 불땀 나게 보리밥 한 그릇 먹을 수 있던 집.

개 몇 마리 내다 팔면 우리 형제 한 달 월사금이 충분했던 집.

이른 봄날 허옇게 서리 내린 두엄자리에서 소똥을 퍼내면 국수가닥처럼 지렁이가 삐져나오던 집.

그 놈 가지고 강가에 나가면 붕어 몇 마리 잡아 강아지풀에 끼워 올 수 있던 집.

여름날 마당에 멍석을 펴고 모깃불을 놓으면 옥수수 알 같은 별똥별이 밤새 내리던 집.

늦은 저녁밥 먹고 삼촌이랑 소쿠리 들고 뜸부기 잡으러 가던 집.

벌초하다 봐둔 뜸부기 둥지를 소쿠리로 덮다가 슬그머니 소쿠리 사이로 손을 집어넣으면 아프게 손가락을 때리고 뜸부기 날아가 버려도 주근깨 고소한 알만은 챙겨서 돌아올 수 있는 집.

그 놈 구워 먹고 잠을 자다 밤새 가위눌림에 시달리던 집.

짚둥아리 꼬실라 먹고 동네 어른들한테 뉘 집 아들 구잡스럽다고 손가락질 받던 집.

능구렁이 두 마리 잡아서 소주 댓병에 묻어 놓고 삼년을 기다리던 집.

겨울이면 우수수 떨어진 댓이파리가 스산한 마당 한 구석을 이리저리 날리던 집.

등록금 낼 때마다 한 마리씩 팔려나가 나와 동생들의 대학공부 징검다리가 된 외양간이 있던 집.

안 올라가겠다고 바둥거리는 송아지를 담푸 트럭에 밀어 넣고 어머니 정지간에서 눈물 훔치던 집.

휘청거리는 동구 밖 정자나무 아래 달빛들이 지독스럽던 내 스무 살 청춘을 잠재웠을까.

입대하기 전날

– 동욱아 도마도 몇 궤짝 땄냐?

– 스물다섯 궤짝, 형 군대생활 잘 혀

밤하늘을 가르는 헬기소리에 귀가 먹먹해서 전화하면서 악을 쓰던 집.

신병훈련소에서 민간인 소지품 집으로 부쳤을 때 할머니랑 고모할머니 마룽에 앉아 한나절을 울던 집.

집 앞 꽃밭에서 가족사진 찍어다 내무반에 걸어놓고 늘 그리워하던 집.

비 추질추질 맞고 행군하다 집 생각나서 문득 나온 달 보고 울던 집.

부로끄로 담 쌓고 철 대문 달고 칼라 테레비 샀다고 오빠 우리 집 부자 될 거 같다고 누이동생이 위문편지 써 주던 집.

흰 개 꼬랭이 삼년 묻어 놨다 캐보니 도로 흰 개 꼬랭이라고 군대 가서 사람 된 줄 알았는데 도로 그 모냥이다 술 잔뜩 먹고 아침에 들어갔다 여물 주던 아버지한테 싸다귀 한 대 얼얼하게 맞던 집.

선거감시인단 못 나가게 하려고 대통령 선거 날 집에다 꼭 붙들어 놓던 집.

여름방학 한 달 노가대해서 컴퓨터 들여놓고 밤새워 키보드를 치던 집.

동생들과 내 태항아리가 지금도 어딘가에 묻혀 있는 집.

그래도 땅은 놀리면 안 된다 할머니 떠나면서 깨씨를 뿌리던 집.

그 고향을 허물 벗듯 떠나와
어디에도 깃들지 못하는

가난한 씨앗을 묻고 살아온
지금은 빈 까치집, 아무도 살지 않는 집.

2부

얼음 열쇠

젖무덤

이 희고 아름다운 몸의 융기
말줄임표 같다
무덤이라 부르며
브래지어 속에 감춰둔 말랑한 눈물방울
말로 하기엔 부끄러워
가슴에 묻어버린 것일까
할 말 못하고 살면서
가슴 깊이 감춰둔 것일까
여자들은 항상
말줄임표 두 개를 가슴에 품고 산다

무덤이란
죽은 자들이 잠을 청하는 자리
하나도 아니고 둘씩이나 무덤을 지니고
이 세상 건너가는 여자들
수시로 옷깃을 여미며
하나는 저를 위해
다른 하나는 누군가를 위해
폭신한 침실을 준비해놓았다
여자들은 늘
무덤 두 기를 몸에 지니고 산다

전주철물점과 행복부동산 사이

전주철물점과 행복부동산 사이
그가 끼어 있다
손톱만한 햇살이 간신히 창에 비쳤다
사라질 때쯤이면 나는 그의 집을 지나친다

움켜쥔 칼끝으로 그가 새기고 싶은 것과
도려내고 있는 것이 무엇인지 궁금했다
그가 칼끝으로 파낸 햇볕 부스러기들
결코 이름이 될 수 없는 것들이다
이름 사이에 낀 것들을 도려내며 그는 늙었다

밖으로 나오는 법은 거의 없었다
조금씩 이빨이 자라는 설치류 꽉 다문 입 속
엉거주춤 끼어 남의 이름을 도드라지게 새기다가
반복되는 자기 생까지 파내버릴 듯하였다
날마다 자신의 뭉툭한 손가락을 한 개씩 빼내
손가락 끝에 아프게 지문을 새기는 것을
아는 사람은 아무도 없었다

목도장을 파러 갔다가 어느 날
나는 뒤통수에 난 창문을 보았다

(잠깐, 둥근 보름달이었다가 그믐이 되기도 했다)
나뭇결 사이에 촘촘하게 어둠을 밀어 넣는 동안
달빛이 인주를 찍어 뒤통수에 도장을 박아 넣은 것이
다

얼음 열쇠

청동색깔 열쇠 한 개
복사꽃 그늘 아래 놓여져 있다
머금은 이슬이 푸른 산을 흰 새를
은모래 반짝이는 강변을 담고 있다
버려진 것일까
잃어버린 것일까
한 때 잠긴 문을 열던 것
열린 문을 굳게 닫아걸던 것
이것으로 어떤 비밀의 세상을 열 수 있지
망설이는 동안
아침 햇살이 아직 남은 그림자 숲을 지운다

닫힌 문 앞에서 돌아온 적이 있다
내가 가졌던 것은 얼음 열쇠
완고하게 잠긴 문 앞에서
담장 너머를 기웃거린 적이 있다
단단했으나
흔적 없이 녹아버릴까 봐
가슴께만 품고 다니던 빛나던 얼음 열쇠
닫힌 문 앞에서
차가운 열쇠만 만지작거렸다

회색 콘크리트 길바닥에 열쇠를 들이민다
한 번도 허락되지 않았던
지구 안쪽의 문을 연다

직소폭포 가랑이에 머물다

직소폭포 가랑이 사이에다 머리를 처박다

나는 애초 세상을 피해 이곳에 들어 왔으나 벼랑 끝으로 가는 길도 길이었음을 내리 꽂히는 직소폭포의 오줌줄기를 보면 귀 기울이지 않고도 알 수 있어 내 마음은 너무 빨리 흰머리 갈대가 되었다

혼자서 불타다 혼자서 사라지는 단풍나무의 세상에서 떠돌다 지친 나를 씩씩하고 당당한 저 가랑이에다 부끄러운 머리부터 처박고 싶었던 것인데 벼락천불 같은 오줌 줄기가 세상의 쓸쓸한 일로 분함을 삭이지 못하는 내 머리통을 뚫고 지나가버리면 나 같은 것은 흔적도 없이 사라져도 좋을지 몰라 끝도 없는 직소폭포의 뱃속에다 손발과 몸통 얼굴도 집념과 질투까지도 밀가루 반죽처럼 뭉뚱그려 애초부터 다시 시작하고 싶었던 것인데

세상을 짊어지고 기우뚱 내소사를 넘어가는 노을이 무얼 알겠다는 것인지 빙그레 웃는 것이다 그래 단단한 슬픔을 깨뜨려 다시 슬픔을 꺼내듯 내 멍멍한 머리통을 깨너를 비워내게 하는데 생생하고 지릿한 폭포의 오줌이 고인 저 샛노란 화엄의 호수 속에 들어가 한 두어 해 쯤 잠

겨 있었던 것인데

그렇게 잠겼다가 헌옷을 갈아입듯 맑게 생(生)을 우려내고 나와 보니 가을 저녁이 알아서 그 여자 가랑이 사이로 곤두박질치고 수천수만의 꽃잎들 아직도 연못 위를 떠돌고 묵은 기억들이 폭포 줄기를 좇아 산 아래 마을의 불빛처럼 역류하고 있는지라 이제 쓸쓸해하는 것도 우습기만 하여 지는 꽃들 눈물 흘리는 네 눈 속에 넣어줄 수 있겠다

실상사 철조여래좌불을 만나다

이 안에 무엇이 들었나 쇳덩이를 얹어놓아 가슴이 답답한 것인가 쇳덩이 무게로 세상 중심 잡고 있는 것인가 이도 저도 아니고 간 밤 약사전에 내린 벼락 천둥 소나기에 아랫구녁부터 윗입술까지 새까맣게 타버렸다는 얘긴가

낮술에 취해 불콰해진 김에 왈짜패들 잡아다 늑신 두들겨 패줄까 욕심 많은 인간들 제도(濟度)한 셈 치지 험한 세상 셋방 얻어 살다보니 부처도 힘깨나 쓰지 않고는 행세를 할 수 없다 달포 전에 부러진 코뼈에서 찬바람이 나는데 오늘은 해탈교 건너 약사전 네거리로 나가볼까

오늘 저 망나니 부처
둥근 해를 무릎에 앉히고
엉덩이 토닥거려 낮잠을 재우네
아니 해는 서녘에서 말똥거리고
혼자서 졸고 있네
겉은 단단해도 마음은 비웠으니
절간 사는 청설모한테 전전세를 내줬으니
웃지 않으려고 하니 비로소 웃는 것처럼 보이네

실상사 철불은 새들하고 친하고 촌수는 다람쥐들과 가

깝다네 물컹하신 금부처보다는 무쇠주먹이 낫다고 설법하시다 다른 부처들한테 따돌림을 당했다네 쪽팔리게 산중에 안 있고 대처에 나와 있겠다고 여여히 왔다 가기에는 다 틀렸다고

나는 자비보다 저 두툼한 주먹이 무섭다고 아이구 한 방 맞을까봐 얼씬도 못하겠다고 까불다가는 저승밥도 못 찾아 먹고 황천길 재촉하게 생겼다고 산문을 나서는데

– 너는 어디로 가고 있느냐

해탈교 앞에서 기어이 그 심술궂은 철불과 마주치고 말았으니

웃음주머니

저것들은 웃는다

집 앞 무논에서는 개구리들이 밤새 웃는다
꽈드득 꽈드득
무엇이 그렇게 우습다는 것인지
밤새 잠 못 드는 내가 우습다는 것인지
한 마리도 아니고 떼로 모여 웃음을 질러댄다
웃음소리는 동그란 원을 그리며
봄밤을 지새게 한다

아침이 되어도 저것들은 웃는다
집 뒤란 장광 밑에서 맹꽁이들까지
웅꽝웅꽝
아침이 됐는데도 아직도 안 일어났냐고
양 볼 가득 동그란 웃음주머니 달고
모여앉아 아침잠을 설치게 한다

앞산 저쪽에 소쩍새가 웃어댄다
엇엇어어 엇엇어어
보름달이 서쪽 하늘로 넘어가도록
웃음소리 여름밤을 날아간다

쩟쩟쩟쯧 혀까지 차가며 생각 많은 나를
잠 못 들게 한다

그러고 보니 모든 웃음은 동그랗다

웃는 돌

돌이 골똘한 생각에 잠겼다
힘껏 부딪치면
열릴지도 모르겠다
퇴적층이 없으니
세월을 안다고 할 수도 없다
오래 전에 귓속으로 들어간 나비가
반쯤 웃고 있다
부드러운 살갗이 있던 자리
귀를 대고 들어보니
바람도 애벌레처럼 웃고 있다
반쯤 눈을 감고 세상을 보면
보잘 것 없는 인간들이 보일 텐데
돌은 골똘한 생각에 잠겨 있다
정으로 쪼면 쫄수록 생각은 단단해진다

명태를 따라

생선가시 같은 햇살이 간간이 발을 뻗곤 했어 숨이 막힐 것 같아 연탄을 갈아 넣고 나면 화분에서 불꽃처럼 파란 대파가 자라던 방

명태의 두 눈 속으로 빛살이 쏟아지고 있었지 눈을 크게 뜨고 바라본 동해의 푸른 하늘 척추를 타고 차갑게 흘렀어 입을 다물지 못해 조금씩 말라가고 있었지 등지느러미와 딱딱한 근육 속에 숨어 있던 가시 두 줄기 옆줄은 바다를 얼마나 펼쳤다가 오므라들게 했는지

머리 위에 어지럽게 갈매기가 날고 있었어 비어 있는 명태의 뱃속 내장 쓸개 알집까지 내주고 닥치는 대로 물어뜯던 아래턱 가끔 들르던 겨울바람이 마른 침을 발라댔지

조금씩 몸뚱이가 단단해져 가던 날들

명태의 두 눈을 따라
망망대해로 떠나고 싶었던 날들

봉서댁은 느티나무다

느티나무는 주술가다
무언가 하나쯤 단단히 붙들고 있어야 하는 세상
나무는 움켜쥐었던 하늘을 풀어주고 있다
한판 굿을 끝냈어도 머릿속은 온통
푸른 빛깔로 가득 차있다

느티나무의 가슴에 새들이 살았던 적도 있었다
한창 거웃이 무성했을 시절
공중에 떼를 지어 기다렸다고도 한다
굿판이 끝나자 어디론가 떠나버렸고
나무에게 목을 맨 사내들도 하늘로 갔다

춥게 살아온 세월이 기록되어 있겠지만
아무도 봉서댁의 나이테를 본 적이 없다
갈라진 피부 위에 딱딱하게 굳은 입술들
미처 다물지 못한 목구멍마다
놀란 옹이가 어김없이 박혀 있다

온통 신경들을 겨울 하늘 곳곳에 꼽아두고
이 쓸쓸한 계절을 담담하게 견뎠다
봉서댁은 강인한 여자지만

따듯한 위로를 해주면
수많은 젖가슴에서 젖꼭지들이 봉곳봉곳 고개를 내밀기 시작할 것이다
약소한 복채 따윈 걱정하지 않아도 될 듯하다

비암 구덕

비암 구덕이라는 곳이 고향 마을 뒷켠에 있다 밤새 내린 폭설에 뒷산으로 가는 둔덕이 무너졌는데 무너진 흙더미 속에서 능구렁이, 먹치, 살모사, 꽃뱀, 먹구렁이, 물뱀, 깐치독사, 누룩뱀, 흑질백이, 밀뱀, 황구렁이, 내가 아는 뱀이란 뱀은 다 기어 나오는 것을 본 적이 있다

빨갛고, 파랗고, 누렇고, 검고, 흰 무늬를 가진 징그러운 뱀들, 정말 희한했던 것은 이놈들이 눈밭을 기어 모닥불 쪽으로 꾸역꾸역 모여드는 것이다

사무실 창가에 서서 무너져 내리는 석양 쪽을 바라보면 하루의 노동에서 풀려난 사람들이 눈 비비고 일어나 힘없이 기어 나오는 것이 보인다

슬프고, 외롭고, 무섭고, 황당한 내가 아는 온갖 종류의 생활을 가진 불쌍하다 못해 징그러운 사람들, 꾸역꾸역 쏟아져 나와 꼬리 긴 뱀처럼 가로등 불빛을 쫓아 거리로 몰려든다

이게 웬 횡재냐며 질주하던 도시의 길들이 쏟아져 나온 사람들을 무더기로 집어 삼키는 동안 즉석에서 일부를

붉은 노을 속으로 들이미는 동안

겨울 비암은 독도 없다며 손으로 집어 마대자루에 퍼담고 그 중 몇 마리는 몸보신용으로 모닥불에 구어 먹기도 했던 우리 동네 삼춘들처럼

이 도시에도 독기빠진 밤이 찾아 든다 풀죽은 긴 그림자가 드리워진다

원형 탈모증

뒤통수에
동그맣게 창문을 내었다

쓸쓸함은 늘 쓸쓸함 안에 머물고
별로 쓸쓸하지도 않았던
쓸쓸함들이 꼬리에 꼬리를 물고 떠올랐다

나는 자꾸 몸을 둥글게 말아
호리병 같은 생각 속으로 들어갔다

그 후 내 그림자가
고향집 연못가를 달리는지
잠 속에서 파랗게 물보라가 일었다

참, 아버지
지금도 아버진 제 자전거 뒤를 잡고 오시는 거지요?
아직은 뒤돌아보면 안 되는 거죠?

물수제비를 놓으면
수많은 동심원들이 점점으로 이어지고

나는 동그랗게 생각을 휘어
그 과녁들을 겨누고 있는 중이다

다시 창가에
집요한 활이 팽팽하게 당겨지고 있다

동백꽃 붉은

연못가에서 조금씩,
동백나무 이파리들이 입을 옴죽거리고 있다

극락전 담장 너머 반신반어(半身半魚)의 나무 몸통이
붉은 살 한 점 입에 물고 올라오고 있다
앞으로
앞으로 밀어내는 바리때
안에 동전이 몇 닢
물방울처럼 햇살 밖으로 튕겨져 나간다

그 사내 길바닥에 귀를 대고
몸통의 공명(共鳴)을 듣고 있다
그가 몸으로 길을 만드는 것인지
길이 그를 끌고 가는 것인지

투명한 햇살의 감옥 안에서
떨어진 동전을 줍는 동안 사내는
더욱 납작해진 채 파닥, 파닥거린다

그 사내 돌계단 아래 잠들었다
선운사 극락전 앞 동백꽃 붉은 입들이 팡팡 터진다

그의 몸뚱이에서 비로소
절 한 채가 지어지고 있는 중이다

습격

뒷산 가는 오솔길 응달진 곳에
오밀조밀 달동네처럼 모여 있는 벌집이 하도 그럴 듯해서
하루 종일 들랑거리는 땅벌들이 신기해서
집 뒤란 대밭에서
장대를 한 개 잘라
땅벌집을 푹 쑤신 적이 있었다

새까만 구름떼처럼 덤벼드는
벌떼를 피해 있는 힘을 다해 달아나도
벌떼들은 사정없이 쫓아오고

고샅에서 꽃찰메로
텃배미에서 둠벙배미로
동네방네 도망 다니다가
시암 방죽으로 뛰어들었다
물속에서 물 밖을 봐도
앵앵거리고 물 위를 떠나지 않았던 벌떼들

호박처럼 둥근 달이 둥실 떠오른 밤
얼굴이 호박처럼 뚱뚱해진 나를 무릎에 누이고

할머니는
옷섶 사이 죽은 땅벌들을 끄집어 내주셨다
모깃불 피운 마당이 들썩거리도록
동네방네 웃음이 왁짜한 밤

눈물이 그렁해진 눈으로 별똥별을 보며
옥수수 알 같은 별똥별을 세며
벌떼 같이 달려든다는 말을
그때 배웠다

식물인간

수액 병으로부터
맑은 수액을 받아들이며 조금씩
조금씩 의식이 희미해지는
아버지

간간히 눈을 떠
주변을 훑어보다가 이내
잠이 드는가 했는데
병실 안이 자꾸 따듯해진다

두리번거리다 알게 되었다
아버지는 손가락을 하나씩 잘라
줄지어 모종을 하고 계셨다

볕이 잘 드는 창가 쪽에서부터
다가오는 그늘 자리마다
연두색 손가락 모종이 자라고 있었다

내가 잠깐 의자에서 잠든 사이에도
쉬지 않고 일하시는 아버지
손가락을 팔아 우리를 부양했던 아버지

언제나 씨앗으로만 존재했던
혼자서 늘 단단한 척 했던
싫어서 먼발치에서 외면하기도 했던

아버지가 드디어
식물인간이 되셨다
수액 병에서 똑 똑
수액이 흘러내릴 때마다
노오란 이파리를 틔우고 계셨다

애초부터 육식동물이 될 수 없었던
아버지가 식물성을 회복하셨다
석양에 비친 얼굴이 비로소
편안해 보였다

금강경을 읽는 오월

동근 입을 옴죽거려 황금빛
씨 한 알을 톡
세상에다 뱉는다

저 씨 자라나
초록 가지 끝에
청동으로 만든 입술을 달았다

봄바람에 잠을 이루지 못한 입들이
쉴 새 없이 종알댄다
중얼중얼 오월 하늘에 독경을 한다

나도 마음속의 당나귀 귀가 가려워
깊은 잠 못 이룰 지경이니

바람아
감나무 좀 건드리지 말고
가만 좀 있거라

3부
천 개의 술잔과 입을 맞추다

탱자꽃

그대
부끄러운 두 눈
푸른 가시로 찔러라

나는
흰 눈처럼 고개 떨구고
한 평생 살아가겠다

감기 몸살

나는 지금

내 몸의 뼈

마디란 마디마다

한 편씩 시(詩)를 새기고 있는 중이다

천 개의 술잔을 들고

바람 불어 한없이
혼자 있고 싶은 날

이 작은 행성에서
떠도느라 설움도 많았겠다

울지 말라고

울어도
벌레만큼만 울고

누운 풀처럼 몸을 낮추라고

울어도
풀여치 더듬이만큼만 울고

천 개의 술잔과 입을 맞추라고

천 개의 입술과 입을 맞추라고

별똥별 지는 소리를 듣는다

재회

그대와 나 사이에
어느덧
긴 강물이 흐르고 있네

씁쓸한 눈빛
주름진 웃음으로
먼 거리 감출 수 없어
잠시 머뭇거리다
엉거주춤 지나쳤지만
그리고 그 사이를
쉴 새 없이 많은 차량들과
무심코 지나는 사람들의 웃음소리
발자국들로 메꾸어 버렸지만

아직도
사람을 사랑하는 일
쓸쓸한 일이라는 것
알겠네

저녁나절
찬바람에 떠밀려

돌이킬 수 없는 강물 속으로
흘러들 무렵

안녕, 키다리 아저씨

그곳에 가면 키다리 아저씨가 있어
상처 난 목재 몇 개 철제 비계가 나뒹구는 그곳
가진 것이라고는 실밥 터진 쿠션의자 서넛뿐이지만
복사꽃 그늘 아래 늘어지게 낮잠을 즐기기도 하지
가끔은 그늘에 가려 그냥 복숭나무처럼 느껴질 때도 있어
그것은 뭣 모르고 지나는 바람이나 흙먼지를 일으키며
남은 자재를 실어 나르는 트럭들의 생각일 뿐
한때 아저씨가 신나는 속도였다고 여기는 사람은 없지
정오가 되면 책가방을 들쳐 메고 아이들이 달려와
복숭나무 그늘 아래 음표처럼 매달려
한 칸, 두 칸 뛰어내려 그때마다
복사꽃 그늘이 좁아졌다 늘어났다 하는 것은
순전히 아저씨가 복숭나무 아코디언을 연주하고 있는 탓이지
낮달은 창문틀에 낮은음자리표로 내려앉고
복사꽃 그늘 아래 분홍빛 꽃잎들은 건반 위를 뛰어다녀
노랫소리 점점 커져가지
건반을 두드리는 어깨가 낡았다고
악보를 옮겨 적다 말고 복숭나무, 나뭇가지를 내어 아저씨를 감싸지

녹슬어가는 바퀴가 아직은 쓸 만하다
이 정도면 속도를 잊고 늙어가도 괜찮다고 꾸벅 졸 때마다
안녕, 키다리 아저씨
복사꽃 몇 잎 꺄르륵 굴러다니지

슬픈여(礖)에서 말 걸기

이런,

너를 찾는 일이란
푸른 암초 사이로 물음표를 던지는 것
물음표는 늘 가벼워
너울에 떠밀리기 쉬워
적당한 무게를 실어야만 스륵
바다 속으로 내려간다
살면서 휘청거렸던 것도 무게 탓
한동안 허당을 딛고 나서야 가벼움에 익숙해진다
물음표를 따라 합사가 다 풀리고 나면
초릿대의 휘청거림도 멈출 거야
흰 국수가닥처럼 가느다란 귓속말들
자기 무게를 가져야만 슬픈여에 닿을 수 있다
기다리는 것이다
기다리는 일에 슬픔이 없듯
네가 헤엄칠 법한 유영층에 네가 없다
물음표는 물결을 따라 흐르기도 하고
제자리를 맴돌기도 하지만
쉽사리 답을 기대하지는 않아
나와 내 간절한 생각이

따로인지 또는 같은 것인지 느끼지도 못할 즈음
너는 물음표를 들고 노크를 하겠지
톡, 톡, 이때 선부른 질문은 절대 금물
신호가 오고 초릿대가 휘어지면
답은 강렬하고 활기가 넘쳐
자칫 낚싯대가 부러지기도 하므로
천천히 합사를 감아 올려야 해
이내 전해오는 저릿함에 몸을 떨어서는 안돼
지상에서의 행복한 조우를 위해 천천히

파도를 가르며 그가 올라오고 있다

* 슬픈여 : 고군산군도 섬 사이에 있는 암초 이름

물고기자리별

집으로 돌아가는 골목길
물고기 한 마리 헤엄치고 있다
여수 돌섬 횟집 입간판 사이
빨간 네온사인이 수초처럼 출렁인다

검은 폐타이어 지느러미를 흐느적거리며
내리는 눈발을 거슬러
흐르는 인파를 헤쳐 나가는 경쾌한
크리스마스캐럴이 흘러나오는 울음주머니를 가진
검은 지느러미 물고기

백동전처럼 떨어지는 눈발들
그녀의 지느러미가 파닥일 때마다 보도블록들은
울컥 흙탕물을 쏟아내기도 했다
동전바구니 위에서 나풀거리다가
금세 도랑을 이루며 흐르는 노랫말
사분의삼박자로 툭툭 차고 가는 사람들 그녀는
앞으로 나가는 것이 아니라 일어서려고
안간힘을 쓰는 것처럼 보였다

흙탕물과 눈 범벅이 된 상체를 일으켜

하얀 허공 향해 성큼 다가서는 듯 했다
일어서다 주저앉고 다시
일어서는
파닥거릴수록 더욱 납작해지는 몸뚱이 위로
비릿한 가로등 불빛이 끈적거린다
붉은 살점을 집어먹던 젓가락들이 문득 생각난 듯
껌벅이는 도미의 눈에 상추 한 장 얹어놓는다

함박눈 이불을 뒤집어 쓴 물고기 한 마리
가로등 불빛에 내민 파란 빈손이다
밤하늘에 다시 흰 별들이 날리고 있다
물고기자리별이 조금씩
조금씩 눈 그친 밤하늘로 기어오른다

하전사 김진철

군대 생활 얘기야
봄볕에 우북이 자란 초소 앞 억새 숲
조선낫 한 자루 들고 제초작업 나가면
수고한다고
남조선 군바리들 좆 빠지게 수고한다고
목청껏 꽃 파는 처녀 불러주던
돼지 멱따는 목소리
인민군 하전사 김진철이라고 있었지
우리도 키들키들 웃다가
가볍게 소양강 처녀로 응수하고
소양강만 강이냐
낙동강도 강이다
눈물 젖은 두만강도 불러주곤 했었지
지척을 사이에 두고
갈대밭과 지뢰밭이
번쩍거리는 엘에므지 중기관총과
잘 닦인 아카보 공용화기가
아가리를 벌리고 응수하고 있었고
그 사이를
말 없는 소양강이 흐르는데

군대 생활 얘기하는 거
팔푼이 같은 짓이라고?
그래 팔푼이 같은 짓이지
스물둘 경상도 보리 문딩이 자식과
열여덟 함경도 감자바위 새끼가
서로 총칼을 겨누고 있는

참 기가 막히게 팔푼이 같은 현실이었지

멧돼지 잡아라

멧돼지 한 마리 끌고 숲길을 간다 머리칼을 쥐어뜯던 넝쿨들이 일제히 길을 연다 촘촘한 생각의 뜰도 지난다 봄밤 잠 못 이뤘던 진흙 구덩이도 지난다 어금니를 딱딱 부딪치며 외로움에 덜덜 떨던 새벽 창가를 지난다 아침 햇살이 눈부셔서 이슬들이 질끈 눈을 감는다

너른 초원에 자리를 깔고 멧돼지 한 마리 모닥불에 구워먹는다 꽃밭을 짓이기고 고구마 밭을 파헤친 불면이 모닥불 위에 지글 지글 익는다 욕심껏 먹어댔던 구정물 거품처럼 간 밤 꿈이 잔뜩 부풀어 올랐다 피식 웃음을 터트린다 짓이겨진 꽃밭도 고구마 밭도 가까스로 몸을 추슬러 허리를 편다 돼지 굽는 냄새 멀리 멀리 세상으로 퍼져 나간다

머쓱했던 풀숲이 모처럼 부는 바람에 하늘거린다 해가 질 때쯤이면 나도 돌아가야지 붉은 노을을 보며 한참을 울고 난 후 마음은 가벼워졌는데

멧돼지를 잡아먹은 후에 나는 허전해졌다 살아있는 것인지 죽어있는 것인지 마침내 나는 다시 내 마음 속 멧돼지를 그리워하기 시작했다

불발탄

겨울이 올 무렵이면 월동준비용 황토 흙을 채취하러 56번 작전도로를 나가곤 했다 노변에다 육공트럭을 세워놓고 흙을 파다보면 잃어버린 신화의 조개껍데기 마냥 소총이며 기관총 탄알들이 빨갛게 독이 오른 콧날을 번뜩이며 끌려나오는 것을 보았었다

땀에 번들거리는 삽날이 찍어낸 황토 흙 부석부석한 무더기 사이로 둔탁한 느낌이 전한 로트넘버 54-04-28 에이원 90밀리 고폭탄 한 발 앙증맞게 날씬한 꼬리 날개와 미끈한 허리의 날렵함 서로 물고 뜯어낸 피와 살 역사 한 자락 유신끈을 풀어 조심스레 금줄을 치고 검은 매직으로 '접근 금지 불발탄 지역'이라고 써 붙였다

고참 상사들도 불발탄을 해체할 땐 군화를 벗는다더라
모양말을 서너 켤레 껴 신고 조심조심 행동한다더라

골짜기 어귀마다 타오르는 단풍 잎새 밥 짓는 연기랑 개 짖는 소리가 늦가을 냉랭한 계곡 사이를 피어오른다 폭발물 제거반을 기다리며 선뜻 터져버릴 것 같은 폭발의 가능성을 예감하면서도 우리는 겁 없이 담배를 피워댔다

붉은 노을

피가 나고
알이 배고
이가 갈린다는
피알아이 전술 사격장
나는 쏘지 못했다
가늠쇠 끝에
가끔씩 앉아 있던 고추잠자리와
감쪽같이 위장된 엄폐 진지 앞뒤를
멋모르고 얼쩡대는 갈대꽃
그 너머로 부푼 가슴 여미다 못해
자지러지는 백운산 단풍 숲과
눈부신 가을 하늘
이 아름다운 타깃들에 총질을 못해
나는 늘 고문관이었다
나이 어린 조교들의 군홧발과
호된 기합 세례 속
그리운 얼굴들이
시커먼 타깃으로 벌떡벌떡 일어설 때면
어금니를 꽉 다물고
총알이 빗발치는 사격장으로 달려 나가
녹슨 철조망 날선 가시마다

살점을 걸고 싶던
나는 서러운 노을이었다
짓뭉개지고 파헤쳐진 황토 흙무더기에
얼굴을 묻고픈
울부짖던 붉은 노을

보신탕을 먹는다

내가 개고기를 좋아하는 이유는
노린내 때문이다
같잖은 정력, 또는
가정의 안녕과 평화를
더 나아가서는 국가와 사회의 발전을 위해서
이 한 몸 허기져 쓰러질까봐
겁나기 때문이 아니다
그 비싼 보신탕을
수육에서 국물까지 이름도 남김없이 즐기는 까닭
마침내 손오공 여의봉 같은 잔뼈다구 몇 개
퐁퐁 내뱉는 까닭은
비 오듯 땀방울을 훔치며
한겨울에도 보신탕집을 들랑거리는 까닭은
그런 보신주의 때문이 아니다
끝끝내
철사 줄로 두 손 꽁꽁 묶인 채로
글썽한 눈망울을 굴리던
혹시나
죽음의 순간까지 몽둥이로 얻어맞아가면서
똥을 퍼 싸질러가면서도
꼬리 살래살래 흔드는 삶에 대한 지독한 집착과

구린내를 풍기며 애걸하다가
훌러덩 한 껍질 벗고 나서야
풍덩풍덩 육수(肉水) 속으로 잠수해 들어가던
그 놈의 지저분한 희망 때문만도 아니다
분노와 절망 사이를 오고가는
끝을 알 수 없는 놈들의 근성보다는
다만 남겨지는 느글느글함을 나는
꼭꼭 씹어주고 싶을 뿐

서고사 저녁공양

물 오른 진달래꽃 울울창창 저녁이슬 헤치고 나섰습니다 길 양 섶으로 계곡물이 흐르고 서녘으로 힘없이 해가 지는 오솔길 가없이 어두워 오는 길을 혼자서 헤맸습니다 세상사는 일 혼자일 때가 더 많다는 것 새삼스러운 일도 아닌데 까투리 한 마리 노을 한자락 물고 불쑥 치밀어 올랐다 사라지니 세상은 온통 수북수북 쌓이는 어둠 지난 가을에도 지지 못한 갈잎들이 지는 소리를 듣습니다 살그머니 아무도 모르게 힘들여 살던 생을 마감하는가보다 담배 한 가치를 피워 물며 그렇게 그렇게 더듬거리며 올라가 산문 들어설 즈음에는 초저녁 달 무섭도록 허전한 초록빛입니다 저녁공양 올리는 불전 마당에 떼 지어 올라온 두꺼비들 궁싯궁싯 예불을 올리는 중이라 암말 안하고 해우소 옆 채마 밭 가장자리에 앉아 이 생각 저 생각 왕왕 울어대던 두꺼비 몇 놈 아마도 앞서 올라 왔던가봅니다 앞서 올라와 극락정토 바라지도 않고 그저 먹고 살게만 해달라고 기도하는 중이었나봅니다 아니어도 좋을 꿈을 꾸는가봅니다 어둔 밤 달빛 삼아 내려갈 일도 엄두가 나지 않아 맘씨 좋은 보살님한테 하룻밤 비럭잠 청했습니다 풍경 소리 청량한 봄밤입니다

허물어져가며

허물어져가며
가벼워지는 기억들에게
마른 젖퉁이 물리고 있는 집
부엌 아궁이가 늙은 여자
궁둥이를 닮았다
오랫동안 비워둔 아궁이에선
아직도 담담한 냉갈 냄새가 났다
추위 몇 자락 톡톡 꺾어
구들 깊숙이 밀어 넣으면
그르릉 그릉 가래 끓는 노인처럼 몸을 떠는 집
불꽃이 피어오르고 가마솥이
발갛게 달아올랐다가 검은 눈썹을 비빈다
내려앉는 어깨를 가까스로
옛 기억을 기둥삼아 버텨낸 집
부엌문 밖으로 눈발이 치는지
가슴을 치는지
눈 그림자 점점 아궁이 쪽으로 다가선다
늙은 여자 검은 치마 속 깊이
엉덩이를 감춘다
고래 깊숙이 담아뒀던 연기 몇 모금
집 한 채를 떠메고 하늘로 올라간다

청개구리

강 건너편에 서 계셨다
걱정스런 눈빛으로 이편의 나를
바라보고 계셨다
아버지 몰래 미역 감으러 나온 거 아니라고
중간치기를 한 것도
수박서리를 한 것도 아니라고
열심히 변명을 해댔지만 여전히
걱정스런 눈빛으로 나를 바라보고 계셨다
당신과 나 사이에
건널 수 없는 강물이 흐르고 있었다

생각해보니 나 내 맘대로 살았다
아버지랑 반대쪽으로 걸으면서
지게 작대기도
불땀 나던 회초리도 잘도 피해 다녔다
삽과 괭이보다는 나무그늘을
성경책보다는 수음을 하며 나이를 먹었다

청개구리가 징그럽게 우는 밤
아버지처럼 살지 않겠다고 남몰래
대들던 별들이 오래도록 나를 따라오며 손가락질해댔

다

뒤통수가 따갑도록
별빛들이 달그림자를 따라오고 있었다

밀향고래를 찾아서

해풍이 불어오는 쪽에서
거친 활자들 성큼 걸어올 것 같은 밤
어깨 너머로 검고 싱싱한 바다가 보였다
쏟아지는 달빛 찾아 바닥을 더듬는다
손끝에서 후다닥 튕겨져 나가는 심해어들
힘찬 꼬리 짓 손가락 끝이 아릿하다

사내는 머릿속에서 침엽을 한 개씩 빼내
낡은 수첩에 달빛을 새겨 넣고 있다
선창가 오래된 수목 그루터기 아래
펄떡거리다 쌓이는 등 푸른 활어들
위도 행 막배가 어두운 격포항을 떠난다
새겨지던 달빛들이 보리새우처럼
수면 위로 톡 톡 튀어오른다
객창이 흔들릴 때마다 위태롭게 쿨럭
독한 밀향 냄새가 선체 바닥에 흩어진다

식도 앞 싸전다리 돌아 도착한 겨울 위도항
희희덕거리던 겨울밤이 우르르 하선을 한다
겨울밤 파도가 일렁일 때마다 톡 톡
솟구쳐 오르는 검은 보리새우 떼 빠르게 다가왔다

천천히 멀어지는 겨울, 밤, 바다
세상의 요철을 통과할 때 아팠던 내 명치께도
싸하게 아려오는 겨울, 밤, 바다

밀향고래
검은 바다 위를
미끄러지듯 헤엄치고 있다

곡우(穀雨)

이사를 오고 난 뒤
자꾸 아팠습니다
아내가 해열제 사러 나간 사이
누에처럼 몸을 웅크리고
습한 잠을 잤습니다

쩍-쩍 소쩍새가 우는 밤이면
빈 술병에도 별이 떨어져
봄바람 눈 시린 가락 따라
노래를 부르는 날이 많았습니다

이슬비
내리는 새벽
어린 장난꾸러기들을 따라
희끄무레한 세상 끝까지
혼자 걸어가 보았습니다

4부

발가락을 씹어봤는가

눈물다랑어

바다는 길이 없다
길이 없으니
길을 잃고 헤맬 필요가 없다

잘 우는 사람들은 대개
눈이 크다 눈이 맑아서
금방 눈에 눈물이 고인다

이 물고기는 왜 이렇게 큰 눈을 가졌나
어느 먼 바다에서 붙들려와 내 앞에서
투명한 동공을 열어놓는가
꽁꽁 얼은 눈동자를 녹여
술 한 잔 권하는가

이 착한 물고기의 눈물에 소주를 타 마시며
나는 자꾸 되묻고 싶어진다

바다는 길이 없어
길 잃을 염려가 없다는데
왜 자꾸만 눈시울이
눈시울이 붉어지는 것이냐

가죽가방

어둑한 방 한쪽에 몸을 웅크리고 있다
군데군데 누런 살갗 드러나고 몸뚱이는 균형을 잃어
한쪽 어깨가 빠진 것처럼 축 처졌다

몸뚱이의 절반이 입이다
저 입 속으로 많이도 우겨넣었다
힘겨웠던 스무 살과 서른 살
마흔 살의 짐 보따리들
어거지로 밀어 넣고 나는
어디로 달려가고 싶었던가
아니, 도망가고 싶었던가
서둘러 쑤셔 박았던 낱말들 중 몇은
아직도 가방 한쪽 구석을 차지하고 있을 텐데

엇나가고 빠진 이빨 몇 개쯤
상처 따위는 아랑곳 않겠다는 거냐
고장 난 자크 한 줄로
이빨을 악물고 있는 이유가 무어냐고 묻고 싶은데
막상, 저 동반자에게 해 줄 말이 없는데
달빛이 귓불을 어루만진다

문득, 푸른 생기가 도는 방
한 구석에서 졸고 있던 짐승이
가늘게 눈 뜬다 등을 활처럼 구부렸다 편다
훌쩍 창틀을 빠져나가 달 속으로 뛰어 든다

매미와 나

천 개의 하늘을 머리에 이고
매미는
눈물 없이 우는 법을 배웠을 것이다

여름 한철 나는 것이 꼭,
모음 없이 쓰여진 자음을 만지는 것 같다
기-역 니-은 티귿티귿티귿
울음소리는 빽빽한
팔월 햇살 속에서도 새떼처럼 흩어지는데

책갈피에 끼여진 채 퍼덕거리는 아으
붉디붉은 오후 햇살
견딜 수 없을 땐 목이 터져라 울어도 보는 것이다

허물 벗은 자음들은 어디쯤 가서
착한 목소리를 맞춰보고 있는 것인지
울다가 낮잠을 자고
울다가 수액을 빨고
울다보면 하루가 간다

소리 없이

눈물로 우는 법을 아는 나는
긴 긴 밤에도 툇마루에 걸터앉아
천 개의 쓴 잔을 들어 입을 맞춘다

톱질하는 남자

허물어져 가는 집 한 채
고쳐볼 생각에 뒷산을 오른다
이리저리 쓸 만한 재목을 찾아 헤매도
눈을 마주쳐주는 것은 낙엽 떠난 관목 뿐
곧게 뻗은 나무들은 나이테가 뻔해
늙은 집 허리를 받치기엔 목질이 무르다
잔가지가 많은 것들은 옹이가 많다
옹이가 많은 나무는 무수한 열매를 세상에다 떨궜겠다

아침나절 내내 톱을 켰다
나무들이 봄 산을 두드린다
쿵, 쿵 가슴을 울린다
새롭게 나이테를 그린다 톱날은
이를 악물고 굽은 허리만큼 꼭 그만큼
흰 톱밥을 풀어놓고 있는 중이다
잘린 나무들에게도 아직 할말은 있다
이제 재목으로 변해야 할 나무가 묻는다
언제 한 번 반듯하게
손을 내밀어 본 적이라도 있던가
바람에 몸을 맡길 뿐이어서 이리저리 흔들릴 뿐
비릿한 수액을 흘릴 뿐 나무란 그런 것이어서

양지도 음지도 다 맛 본 것이라서 긴 줄무늬를 만드는
것이라고
봄 산이 대답할 거 같다
대답대신 숲을 울리는 맥박소리
몇 개 더 주워 산을 내려간다
나무 서너 그루 내주고
환상 통을 앓는 듯 서쪽 하늘이 산등성이에 붉다

천불산에는 천 개의 하늘이 있다

흐린 날
운주사 대웅전에 가보니 색깔이 없더라
가진 만큼만 명암을 내보이려고 색깔들이 자기 살을
조금씩 몸뚱이 밖으로 집어 던지더라

대웅전 안의 부처도 무표정
부처의 눈빛도 무표정
낮게 엉덩이를 깔고 하늘만 내려앉고 있더라

숲속의 불탑들 불끈 사타구니에 힘을 모으고
분홍빛 꽃잎마저 털어낸 나무들이 하늘을 향해 검은 팔뚝을 일제히 쳐들더라
무성한 귀때기마다

잿빛 하늘이 걸려 찢어지더라 찢어지게 웃더라 잎사귀들이 손바닥을 열어 손금을 펼치고 손가락 끝에 매달린 애기 스님들 봄비 속에서 몸뚱이를 공양하더라
아 버릴 것을 버리고도 열매를 맺지 못하는 천불산

가랑이 가득 봄비를 머금은 천불산, 등 뒤에서 끄응 하고 돌아눕는 와불의 엉덩이를 삐죽

삐죽 새순들이 찔러보고 있는데

아직도 기다려야 할 천 개의 하늘이 허공에 무수하다

날아라, 로켓맨

녹슨 철제 동체 아래서 불티들이 튕겨져 나온다
흰 수증기가 동체 전체를 감싸기도 한다
그릉그릉 보조엔진처럼 앓는 소리로 날리는 바람
바람에 날리는 소맷자락
항복한 백기처럼 펄럭이는 소맷자락

목장갑을 낀 한 손이 소맷자락을
붙잡아 주머니 속에 넣어준다
이제는 세지 않아도 남아있는 폐목의 열량이 느껴져
빈 소맷자락이 다시 펄럭 다른 손에게 얘기를 건넨다
바람이 불 때마다 날아라
넌 날 수 있어
종이상자 속 고구마들이 속삭인다

리어카에 비스듬히 실린 동체 끝 대답대신
막 눈이 내리기 시작한 밤하늘을 가리키지만
폐목 토막 몇 개를 비행선 안쪽에 밀어 넣는다
언 손을 호호 불며 숙제를 하는 아이의 머리 위로
여전히 눈은 내린다

벌겋게 달아오른 로켓 위에도 내린다

세상 이야기를 꽉꽉 틀어막은 털 귀마개에도 내린다
왜 저 작은 비행선은 날지 못하는가 생각하는 찰나

사내는 로켓에 아이를 태우고 골목길로 날기 시작한다

여국(女國)을 아뢰나이다

오지 않는 사내를 기다리지는 않아 여인들은 벼린 칼을 들어 틈이 많은 허공 따위 단칼에 날려버려 칼 들어 내리칠 때마다 번쩍, 사방으로 튀는 불꽃은 핏물도 숨결도 다 잘라버려 한 번 쓴 숫돌은 잘게 부수어 마당에 뿌리지

이곳에선 여인들의 가슴이 쓸데없이 부풀었다가 사라지지 않아 일설에 따르면 여인들이 다 여인족으로 태어난 것은 아니라고 해 고된 칼질로 단련된 팔이 단단한 활로 진화되었고 빠르게 달리기 위해 가슴 따위야 거추장스러웠던 거지 살아남기 위해 무엇이든 진화를 거듭해 흰옷 입은 여국의 전사들이 눈보라 타고 달려오고 있어

그녀들의 엉덩이는 맷돌처럼 단단해 간혹 성긴 몸뚱이들이 뭉개지고 심장 두근거리는 소리가 튕겨져 오르기도 하지만 붉은 다라이에 퍼덕이는 바다를 한 마리씩 꺼내 목을 치는 손목은 아름답지

봐! 새벽 일 끝나면 하늘에 초승달 같은 칼 한 자루 걸어두고 저벅저벅 종아리를 감싸 안고 걸어가는 저 장화들을 눈보라가 두 쪽으로 갈라지며 사라지는 여국의 아

침에 말이야

*여국 : 여자들만 산다는 전설의 나라. 부상국(扶桑國)의 동쪽에 있다고 함.

발가락을 씹어봤는가

몸 안에 뭔가 있다
목구멍 저 아래 쪽
아니 그보다 아래 형이상학과
형이하학을 가로지르는 횡격막보다도 더 아래 쪽
스멀거리는 다족류의 발가락을 가졌다
등줄기를 기어오르기도 하고
금방이라도 튀어나올 듯 가슴께를 간질거리다가
몸통 아래 죽은 듯 웅크려있다

그래 이것 오늘도
어제도 아니고 오랫동안 내 몸 속에서 자라던 것
심장에 고인 피톨들이 먹여주고
담즙들이 엉겨 붙어 혼자 고요해지던 것

소용돌이치며 치밀어 오른다
목울대 아래까지 올라와
한 차례 거친 숨이 휘몰아친다
몸 안의 섬모들이 일제히 휘청거린다
튀어나오려고 상체를 방바닥에서 힘껏 들었다
내동댕이친다

몸 안의 세포들이 벌떡 일어섰다
힘없이 주저앉을 때마다 입 속에서 왈칵
왈칵 치밀어 오르는 붉은 살점들
쏟아져 나올 때마다 오도독
발가락들이 씹힌다

당신도 슬픔을 씹어본 적이 있는가
이것은 발가락이 너무 많다

시간여행자를 만나다

불시착한 비행선 주변에 구조대가 도착해 있었다

감식반원들이 플래시를 터트리며
쓰다 남은 시간을 채증하는 동안
허공에서 떠돌던 시선이 하강을 시작한다
시간을 되돌리려 애쓴 시계 바늘 몇 개
속도를 기어오르다 빠져버린 손톱 몇 닢
빈 약병 속 노란 불꽃으로 저장되고 있는 사이
반쯤 타다만 가족사진이 환하게 웃으며 포즈를 취한다

아마 이 시간여행자들은 지상에 도착하기 전
혹독한 열을 견디지 못했을 거야
마지막 순간까지 탈출을 막은 것은
거세게 추락하던 비행체의 속도였겠지
불안하게 날던 이 가족의 경제가
불시착을 어쩌지는 못했을 것이라고
아이들 손톱 밑에 낀 유리 조각을 수거하던 이가 설명해주었다

검게 그을린 입술 사이에 흰 치아를 드러내며
웃는 부부의 표정이 모자이크 처리되는 순간

비명처럼 노을이 터진다
어제 저녁 나는
긴 꼬리를 그리며 강가에 내려앉는 비행선
붉은 동체가 만경강 노을 때문인 줄 알았다고
고백을 해야 하나

이제 막 내리는 어둠 강변을 따라
또 다른 시간여행자들이 제 속도를 견디며
가까스로 달리고 있다

호텔 아쿠아리아

현관에서 수족관으로 올라가는 계단 아래
그녀는 동굴생활을 한다
매일 아침 한 계단씩 상승을 꿈꾸며 발자국들이 몰려들기 전
물 묻힌 밀대를 밀어
간밤 현생인류가 만든 흔적을 지운다

무리사냥을 했다는 기록을 본 적이 있지만
항상 혼자서 어로활동을 하는 그녀
손잡이가 긴 청소도구를 어깨에 메고
오폐수가 출렁이는 물탱크를 건너간다 폴짝
폴짝 수조 안쪽에는 이빨들이 촘촘한데
지배인이 짓궂게 수작을 걸어도
놀란 나비처럼 펄럭이기만 하는 그녀
달아나지 못하고 서성이는 이유는 뭘까
수족관 밖에서는 공격성 어종의 침입이 잦다

생선뼈를 갈아 새긴 동굴 벽화 속
그녀가 고기떼를 쫓아 모래톱을 달리고 있다
솟구치는 방어 떼와 돌고래 무리들
날쌔게 작살을 휘두르며 헤엄치는 그녀

펄떡이는 어획물을 보여주며 그물을 쳐보라고 한다
작살이 긴 여운을 남기며 파도 속으로 날아갔다

호텔 밖에는 간간이 빗살무늬를 그리며 소나기가 지나가고
꿈을 꾸는 그녀 미소가 평화롭다
현생인류는 사회생활을 한다
신석기인은 동굴생활을 한다

호텔 아쿠아리아, 공존의 세상이 아슬하다

가뭄

하루에도 몇 번 씩
태양 속을 들여다본다
그 안에 무엇이 있는가

잠자는 여인의 마른 사타구니 같은
사막을 막 건넌 낙타의 검은 눈동자 같은 그곳에다
황토색 집 한 채 짓고 싶다
사막을 혼자 돌아다니는 자
마음의 낙타를 붙들어 매고 싶다

하루에 몇 번씩 그 곳을 올려다본다
나 그곳에 올라가도 되겠는가

| 발문 |

마침내, 나타났다, 오래된 기억

김병용(소설가)

1. '폭설'이 간절히 그리운 까닭

하늘이고 땅이고 온통 눈발 천지인 눈사태가 간절한 때가 있다. 온통 순백이기만 한 허허벌판, 작은 한 점 인간으로서는 감당할 도리 없이 쩔쩔매야 하는 눈보라 한가운데, 하늘과 땅을 모두 하얗게 붓질하는 소낙눈의 거친 세례에 몸 가누기조차 힘든 그 순간, 쏟아지는 천만 눈꽃송이 중 딱 한 송이 꽃과 눈을 마주치고 싶은 거다.

아득한 높이에서부터 치달려 내려오는 눈꽃에 눈길이 꽂히는 순간, 비현실적이게도 속도는 사라지고 팔락이는 움직임만이 슬로우비디오처럼 혹은 확대 화면처럼 큼지막하게 눈에 들어온다. 그 눈송이가 마침내 뺨에 들어붙어 선득하게 녹아내리고, 코끝에 맵찬 노파람이 몰고 온 싸한 흙냄새가 엉겨 붙기까지, 실제로는 수유(須臾)의 찰나임에도 억겁과도 같은 긴 시간이 눈보라를 쳐다보는 사람의 눈동자 위에 펼쳐진다. 너는 어디에서 와서 또 어디로 가는 것인가, 나는 왜 여기 서 있는가, 너는 언제부터 눈보라였으며 나는 지금 왜 사람으로 와 있는 것인가…….

찰나와 억겁이 하나 되는 잠시, 시간과 공간이 합해지는 순간. 보는 눈과 보이는 눈이 서로를 응시하는 찰나!

나는 시인들이란 이런 사람들이라고 늘 생각해왔다, 숨가쁘게 휘몰아치는 천만 눈꽃송이 속에서 딱 한 점 자신의 눈꽃을 찾아내는 이, 가없는 소멸의 찰나 속에서 영원이 생성되는 것을 깨닫는 이!

내가 감히 시인되기를 꿈조차 꾸지 못한 이유도 여기 있다. 폭설 속으로 뛰어들 용기, 눈보라 속에서도 부릅뜰 수 있는 눈을 갖추지 못한 것도 있지만 난 이처럼 폭설을 간절히 원한 적이 없었기 때문이다. 폭설 속에 갇혀 있는 격절감을 감당할 수도 없을 것 같다.

마침내

나는

세상과 끊어졌다

―「폭설」 전문

오랜 침묵 속에 잉태된 정동철 시인의 첫 시집 첫 자리를 1행 1연씩 모두 3연으로 이루어진 이 작품이 차지하고 있다.

소설집과 달리 시집은 수십 편의 시가 한 권의 책으로 묶여진다. 그렇게 한 자리로 소집된 시들은 시집 내에서 서로 어울리기도 하고 경합하거나 때로 불화한다. 따라서 한 권의 시집으로 묶이게 될 이 시편들을 어떤 순서로 배치할 것인가, 시인들은 주저하고 때로 모든 게 다 헝클어져 정리가 되지 않는 공황을 겪기도 한다. 이 시집이 준비되는 과정에서도 몇 편의 시는 사라지고, 다시 들어오고, 거의 새롭게 다시 쓰여지는 것을 지켜보았다. 시인들의 퇴고 작업이란 이렇게 힘든 것이구나, 새삼 깨닫는다. 하지만, 이같은 변화 속에서도 「폭설」은 요지부동, 한 번도 이 시집의 첫자리를 다른 시에게 양보하지 않았다. 바둑판의 첫돌과 같이 이 시집의 포석은 「폭설」로부터 시작된다는 선언일 터!

한 번 더, 읽는다.

세 줄의 짧은 시에서 가장 의미심장한 발언은 **'마침내'**이며 그 위치라고 할 수 있다. '나는 마침내 세상과 끊어졌다'라고 말했다면 너무 평범했고, '나는 세상과 마침내 끊어졌다'라고 했다면 이 시는 넋두리가 되었을 것이다. 하지만, '마침내'가 들머리를 차지하면서 이 시에는 아연 팽팽한 시적 긴장이 흐르기 시작한다. '마침내'는 '나는 세상과 끊어졌다'라는 진술을 강조하기 위한 부사어가 아니다. 오히려 '나는 세상과 끊어졌다'라는 후술이 '마침내'를 감탄사로 둔갑시킨다. 낚시꾼이 빳빳하게 드리운 땡볕과의 씨름 끝에 저 수면 깊은 곳에서부터 올라오는 묵직한 손 떨림을 만나는 순간이 '마침내'일 것이다. 오랜 열망과 기다림이 '마침내'라는 단어를 통해 뿜어져 나온다.

자연스럽게 궁금해진다, 왜 시인은 이처럼 폭설을 기다렸던 것인가. 왜 이렇게 반갑게 '마침내'라고 말하는가. 통상

적으로 폭설이나 폭우와 같은 상황에 잘 어울리는 부사어는 '갑자기'라고 할 것이다. 느닷없이 닥친 상황 속에서 비에 흠뻑 젖거나 고스란히 눈을 뒤집어쓴다, 갑작스러운 일이니 불가항력, 어찌할 바를 모르는 건 당연하다.

이런 면에서 생각하면, '마침내'라는 단어는 수차례 '갑자기' 내리는 폭설을 경험해본 기억을 가진 사람만이 내지를 수 있는 탄성이다. '갑자기'라는 단어에 배인 피동적 상황을 오래 견뎌본 이가 절치부심 끝에 드디어 자신을 둘러싼 상황과 대등하게 일대일의 관계를 형성할 수 있을 때, 그때가 되어야만 '마침내' 폭설은 내린다. 갑자기 폭설이 쏟아진 것이 아니라, 시인이 폭설을 기다렸거나 혹은 호출한 것이다.

2. '나타났다'에서 '나타냈다'에 이르는 시간

이 시집의 표제작이기도 한 「나타났다」라는 시는 더욱 의미심장한 구절들로 가득 차 있다. 어린 화자가 "나타났다, 라는 말이 무슨 말이야?" 묻자 논둑길을 걷던 젊은 어머니의 대답에서 연이어지는 대목이다.

> –나타났다는 말은 어딘가 몸을 숨기고 있다가
> 갑자기 모습을 드러내는 것을 말하는 거야
>
> 숨어있다는 말
> 몸을 웅크리고 때가 되길 기다리는 말
> 갑자기 나타나는 말

—「나타났다」 부분

여기서 가장 주목할 부분은 연과 연 사이, 그 한 줄 행간에 숨어 있는 세월의 거리, 그리고 그것을 동시에 응시하는 시인의 눈길이다.

어린 아들에게 '나타났다'라는 말이 갖는 메타 언어적 의미를 설명하던 어머니가 한 생애를 건너오는 동안, 그 어린 아들은 '군대를 갔다 왔다 불안한 어른이 되었'고 '소허구 말씀을 허'시던 아버지는 '식물성을 회복'하며 세상을 뜨셨고, 한 가족의 성장과 사별을 모두 지켜보았던 고향 집은 '지금은 빈 까치집, 아무도 살지 않는 집'이 되었다. 흘러가는 시간만큼 무작스러운 것이 어디 또 있으랴. 모든 게 쓸려가고 한 번 쓸려 내려간 것은 되돌아오지 못한다. 그 사이, 궁금증에 똘망똘망한 눈망울로 엄마를 올려다보던 아들은 이제 노모의 야윈 어깨를 보듬고 안타까워하는 중년이 되었다.

이 모든 사연을 담은 채 흘러가는 시간이 한 줄 텅 빈 행간 사이에서 출렁거린다. 무언의 한 줄이 때로는 열 줄의 시구를 압도할 때가 있다, 한 줄 무언의 행간을 포착하기 위해 시인이 건너온 세월이 느껴지는 경우에 그렇다.

30년, 여기 한 줄의 공백에는 최소 한 세대에 해당하는 세월이 압축되어 있다. 밀도가 높으면 의당 압력도 높아진다. 긴장의 내압이 순식간에 상승한다. 그 내압 속에서 어린 시절 어머니에게 들었던 '나타났다'에 대한 설명은 시인에게 삼투되어 그 나타남의 주체를 **'몸을 웅크리고 때가 되길 기다리는 말'**로 상정하는 것으로 드러난다.

'나타났다'라는 말에 대해 궁금증을 품고 있던 아이는 틀림없이 다른 말들도 궁금했을 것이다. '엄마, 이건 무슨 말이에요?' 질문을 일삼고 그 뜻이 완전히 요해될 때까지 묻고 또 물었을 것이다. 문제가 해결될 때까지 질문을 거듭하는 사람, 시인 정동철은 지난 세월 내내 우리에게 이런 사람이었다. 질문을 반복하기 위해서는 궁금증과 부끄러움, 두 가지 앞에 모두 정직해야 한다. 그리고, 그런 자신 스스로에게 지치지 않아야 한다. '몸을 웅크리고 때가 되길' 기다린다는 진술은 시인 정동철을 둘러싼 지난 30년의 세월을 모두 함축한다.

우리가 사는 동안 수없이 많은 일이 우리 앞에 출몰하고 명멸한다. 물론, 이 모든 일에 다 관심을 둘 수는 없는 일이다. 또 다른 일이 생기면 앞선 관심은 자연스럽게 새로운 사건이나 사람 쪽으로 이동하게 마련이다. 하지만, 어떤 말이나 일, 사람에 관한 관심이 끊이지 않고 지속되는 경우가 있다. 일시적으로 우연히 나타났던 관심이 꼭 답을 찾아야만 하는 필연적인 질문으로 전환되는 것, 삶의 도약이 벌어지는 순간이다. '나타났다'라는 말에 매혹되고 그 화두(話頭)를 놓지 않음으로써 어린아이 정동철은 시인 정동철로 성장하는 길을 스스로 개척한다.

'나타났다'라는 말의 출현 앞에 호기심을 느낀 한 아이가 그 말을 붙들고 한 세상을 건너온다. '나타났다'라는 말의 뜻은 이제 알겠는데 그건 대체 어떤 경우에 가장 적절한 언어의 풍경을 빚어내는가?

시의 호흡이 갑자기 빨라진다. 언어는 이제 사건이 되고, 사람이 된다.

> 남부시장 한 모퉁이 채소를 팔던 할머니가 나를 외면했을 때
> 서둘러 떡집 골목 쪽으로 발걸음을 옮겼던 그 말
>
> 내 마음 속 어딘가 모습을 숨겼던
> 귀신고래처럼 기억의 심해 속에서 잠들어 있던
> 그 말이 내게 나타났다
>
> 할머니
>
> —「나타났다」 부분

손자가 눈앞에 나타났는데 행상을 하던 할머니는 외면한다. 손자 또한 서둘러 골목에 스며든다. '나타났다'라는 말은 나타나는 동시에 사라져버린다. 그리고 떡집 골목 어두운 구석으로 가난과 부끄러움, 죄책감, 비밀, 기억과 같은 단어들이 줄줄이 사라진다. '나타났다'라는 말의 영토는 이처럼 어두움과 밝음 사이에 걸쳐 있다.

'나타났다'라는 말이 어느 날 어린 시인 앞에 문득 출현했고, 설명이 주어졌고, 마침내 실감했다 싶은 순간 하필 골목 깊숙한 곳으로 숨어들었다.

문학작품이 만들어지는 과정을 요약하자면 이렇지 않

을까 싶다.

① 마음속에 어떤 생각이 **나타난다.**

② 그 생각이 현실의 어떤 장면에 현현(顯現)한다.

③ 시인의 마음속 이미지와 투사(projection)된 현실 풍경 사이에 상호작용이 일어난다.

④ 그 사이에서 일어나는 떨림과 어긋남을 조정해 시인은 닮은 듯 서로 다른 이중상(二重像)을 합치시켜 문자로 고정시킨다. 즉, **나타낸다.**

이런 관점에서 보면, 이 시는 ①~③의 시간과 ④의 시간 사이에 길고 긴 간극이 존재하고 있음을 보여주는 시라고 해도 무방할 것이다.

이 시에서 "그 말이 내게 나타났다//할머니"의 발언 시점은 일부러 흐릿하게 처리되어 있다. 엄마에게 말뜻을 묻던 그때로부터 얼만큼 시간이 흘렀는지 정확히 할 수 없다. 또 그게 시장통에서 남루한 행상 차림을 하고 있던 할머니와 마주친 그날의 발화인지, 두 개의 시간대를 한참 뒤에 되돌아본 최근의 발화인지도 모호하다. '나타났다'와 '할머니' 사이에 또 깊은 심연과도 같은 행간이 존재하기 때문이다. 다만, 분명한 것은 '나타났다'라는 말이 왜 시인의 가슴에 이렇게 깊이 박혀 있는 것인지에 대한 짐작. 시인이 쓰지 않아도 독자들은 읽을 수 있다, 이심전심.

짧은 망설임과 오랜 기억 그리고 그보다 더 오랜 통증!

아마도 이 조손간은 이후 한평생 이날 시장통에 서로가 서로에게 나타났던 사실에 대해 언급하지 않았을 것이다. 하지만, 침묵이 망각을 의미하는 것은 아니다. 침묵은 때로 가장 강렬한 기억의 방식이기도 하다. '나타났다'라는 말은 이렇게 시인의 곁에 오래 있었지만 좀체 드러나지 않는다. 이제 시인에게 '나타났다'라는 말은 삶의 이면에 길게 드리워진 그림자와 같은 것이 되었다. 발설되지 못하고 늘 시인의 곁을 떠도는 말, 시인은 '나타났다'라는 말을 붙들고 있었고 또 그 말에 사로잡혀 있었다.

말에 붙들린 시인. 글을 쓰는 이들은 모두 언어의 감옥 안에서 산다. 자진해 들어선 것이지만, 감옥살이의 고통스러움은 실제의 그것과 크게 다르지 않다. 말하고 싶은데 말이 나오지 않을 때 느끼는 참혹함. 부끄러움 앞에서 부끄러워하고, 정직함 앞에 정직한 이들일수록 고통의 시간은 더욱 길다. 자신을 스스로 유폐한 채 나타난 것을 나타낼 수 있을 때까지 시인은 시달릴 수밖에 없다.

나는 지금

내 몸의 뼈

마디란 마디마다

한 편씩 시(詩)를 새기고 있는 중이다

–「감기 몸살」 전문

역시 1행 1연 형식을 취한 이 시가 보여주는 참혹한 아름다움은 「나타났다」와 묘한 대구를 이룬다. 감기(感氣)한 사람은 몸살을 앓는다. 어떤 기미를 감지했을 때, 그걸 나타내려 할 때, 그것을 대상에 대한 묘사가 아닌 주체의 자발적인 반응으로 체화(incarnation)해 나타내고자 할 때 시인은 끙끙 앓을 수밖에 없다. 뼈에 새겨진 시들을 겉으로 드러내기 위해선 뼈가 살을 뚫고 나오는 고통을 감내해야만 한다.

시란, 문학이란 삶의 뼈, 말의 뼈가 가진 골기(骨氣)를 드러내는 일이라는 생각……. 정동철 시인의 문학관은 이처럼 견결하다.

3. 시간은 도저하고 기억은 더욱 도저하다

폭설을 기다리고, 말이 무르익기를 기다리는 시간의 막막함. 그 막막함을 견뎌내야 하는 사람의 답답함. 그렇게 시간은 세차게 흘러간다. 살아가는 일의 지난함은 이같이 험한 시간의 물결을 헤쳐 나가는 데서 비롯된다.

…(중략)… 눈이 쌓여서 세상으로 나가는 길마저 지워져버린 밤 하던 일 작파한 채 내가 걸어왔던 길 되돌아보면 이빨 딱딱 부딪쳐가며 나, 겁도 없이 한 마리 노루가 되어 눈밭을 걸어온 것은 아닌가 싶은데 이러다가 내일 아침이면 눈 속에 집이 파묻혀버릴 것 같고 그 산으로 돌아가고 싶어 나, 눈 덮인 산길을 따라 노루 발자국을 쫓는 꿈을 꿀 것만 같다 …(중략)…

– 「노루」 부분

자신이 살아가는 시간에 대한 정동철 시인의 탐구는 집요하게 느껴질 정도이다.

「겨울편지」, 「아버지 소처럼 말씀하시네」, 「금강 하굿둑에 가서」, 「허공 위에 뜬 집」, 「집」과 같은 시편을 통해 시간의 흐름을 유장하게 그려내기도 하고, 「포릉포릉」, 「뜸, 뜸, 뜸부기」, 「홀딱 벗겨」나 「하전사 김진철」처럼 당대가 그려낸 시간의 표정을 재현하기도 한다.

그동안 정동철 시인이 가장 깊이 탐독한 텍스트가 시간이었다는 점을 이번 시집은 확인시켜준다. 시간을 헤쳐 나오며 그 결을 더듬는 시인. 정 시인의 시간 탐구는 이런 절창을 빚어낸다.

열 살 때였던가 마을 공동 우물에 내려가 물을 품어 올린 적이 있다 마을 어른들 잘한다는 칭찬에 그 밑에 있는 동전은 다 니꺼라는 동네 삼춘들 사탕발림에 발 시린 우물 바닥에 내려간 일이 있다

물을 품어 두레박으로 퍼 올리며
두레박에서 떨어진 우물물로
쪼그라든 내 자지와
벌거벗은 내 어린 몸뚱이가
우물 벽에 낀 파란 이끼처럼 싸늘해져 가도
하늘로 올라간 누이 기다리듯 우물 위쪽을 바라 봐도
두레박만 다시 내려올 뿐
우물은 바닥을 보이지 않았다
기다리던 동전 몇 닢을 왼손에 쥐고

바닥을 긁어가며 두레박을 올릴 때
그때 내가 본 것
파란 안광을 번쩍이며
우물벽 사이 쌓아 놓은 돌 틈에서
나를 바라보던 것
오래 된 우물에만 산다는 두꺼비였을까
마을을 지킨다는 이무기였을까
소스라치게 놀란 내 어깨를 사람들 손이
하늘에서 내려온 동아줄처럼 잡아주지 않았다면
기진할 뻔 했던
어머니 부지깽이에 얻어터질수록 또렷하게 떠오르던
찰방거리던 우물 속
파랗게 빛나던 눈동자

–「오래된 우물」 전문

어린 시인이 본 것이 두꺼비였는지 이무기였는지 이도 저도 아닌 허깨비였는지 지금 이걸 판가름해서 말할 사람은 없다.

다만, 분명한 것은 그의 기억이 더 선명할 수 없을 만큼 새파랗게 이 시집에 인화(印畫)되어 있다는 것. 그리고, 이 시를 읽는 동안 나는 내 어린 시절 우물에 관한 추억을 몽땅 되건져 올리는 놀라운 경험을 했다는 것. 마치 내가 이 우물 안에서 오들오들 떨고 있는 것과 같은 한기, 요요한 푸른빛으로 우물 안에서 출렁이는 인화(燐火) 같은 것, 우물 안을 내려다볼 때의 아득함과 우물 안에서 그 위를 바라볼 때의 코를 찌르는 것 같던 하늘빛까지. 그만큼 이 시의 인화성(引火性)은 강렬하다, 어둠에 잠겨 있던 내 기억의 우물 그 밑바닥까지 모두 환해질 만큼.

물론, 이 시에 대한 나의 각별한 공감은 극히 주관적인 것이다. 사람들마다 모두 고유의 호출 부호를 갖고 있는 것처럼, 공명(共鳴)하는 주파수 또한 다른 법이다.

문학의 기능, 시의 본질에 대해서도 제 각각 다른 생각을 품을 수 있지만, 문학이 출발하는 자리, 문학이 지금도 성립 가능한 이유는 공감의 확장에 있다고 나는 믿는다.

시인은 말하고 독자는 시인의 입을 통해서 자신이 말하고자 했던 말이 무엇인지를 확연히 깨닫는다. 시인은 내가 말하고자 했던 그 말을 가장 적절한 방식으로 먼저, 대신해주는 사람이다. 시인의 언어가 내 안의 언어를 흔들어 깨울 때, 잠들어 있던 나의 언어가 입을 열 때, 비로소 대화는 시작된다. 혼자 말하고 혼자 듣는 것은 문학 독법도, 창작법도 될 수 없다고 나는 생각한다. 물론, 누구나 다 다른 이의 가슴에 공명을 울리는 것은 아니다. 득음(得音)한 이의 목청만이 다른 이의 가슴을 또다른 악기로 만들 수 있다. 소리가 소리를 부를 때, 비로소 시인과 독자 사이 화음(和音)이 형성된다.

가령 이런 것이다. 내가 이번 시집에서 가장 아름다운 구절이라고 밑줄 친 대목은 원형 탈모를 "뒤통수에/동그랗게 창문을 내었다"라고 정의한 뒤 자전거를 잡아주시던 선친에게 "지금도 아버진 제 자전거 뒤를 잡고 오시는 거지요?/아직은 뒤돌아보면 안 되는 거죠?"라며 말을 건네는 대목이었다.

어쩌자고 이렇게 먹먹한 이야기를 꺼내놓는가. 한참을 우두커니 앉아있다 보니, 어느새 내 눈앞에는 10여 년 전 「새벽강」에서 내게 정 시인이 뒤통수를 보여주며 원형 탈모가 생겼다고 말하던 날의 풍경과 40여 년 전 아버지가 직장에 사표를 던진 뒤 아무런 설명도 없이 장남인 나만 데리고 절집에 들어가 사흘을 기식했던 날의 풍경이 한꺼번에 떠올라 겹치기 시작하는 것.

아버지가 나를 데리고 갔던 그 절의 이름이 무엇인지, 나는 이제 알아낼 도리가 없다. 기억할 수 있는 것은 낮이고 밤이고 어둑했다는 것, 아버지는 낮에 스님과 짧게 몇 마디 인사를 나눌 뿐 종일 내겐 거의 말을 건네지 않았다는 것, 너무너무 심심했던 나는 절집 처마에서 다리를 흔들며 앉아 산바라기로 소일했다는 것, 잠결에 누군가 나를 바라보는 것 같아 눈을 떠보니 창문으로 쏟아져 들어오는 달빛에 사람 얼굴 그림자 같은 게 서려 있었다는 것. 그 그림자의 형상이 낮에 본 산그늘을 닮았다고 여기다가 어렴풋이 아버지 얼굴과도 닮았다고 생각하다가 까무룩 다시 잠이 들었던 일, 창문은 네모지고 그림자는 둥글했다. 정 시인의 뒤통수는 판판했고 군데군데 동전만한 동그라미가 퍼져 있었다. 이 시는 정 시인의 기억을 양각(陽刻)한 것일까, 내 기억은 음각(陰刻)일까. 빛나는 것의 배경에 잔잔하고 어둑하게 깔려있는 부드러움.

내가 생각하는 이 시집의 매력은 시간의 깊이에서 나온

다. 아득한 시간의 기저까지 선연하게 가 닿는 시선, 시인의 언어는 마치 두레박처럼 도저한 깊이에 가라앉아 있던 독자들의 기억을 천천히 끌어올린다.

더 이상 견딜 것도 더 탕진할 것도 없는 나는 집으로 내려갔다
굴뚝에서 쇠죽 끓이는 연기가 흰 팔뚝을 들어
눈 덮인 지붕을 버텨 올리는 참이었다
늙은 암소 등을 빗질하며 나직나직 하시는 말씀이 외양간 밖으로 새어나오는데
눈을 머리에 인 단풍잎들이 고개를 이기지 못하는 것을 고향집은 아는 것이다
…(중략)…
소에게도 할 말이 없는 거다
그래, 겸연쩍게 얼굴을 들고 외양간 문을 엿보는데
부엌에서 저녁 짓다가 어머니 힐끗 보고 하시는 말씀

아서라
느 아부지가 지금 소허구 말씀을 허신다

–「아버지 소처럼 말씀하시네」 부분

이 시집을 한 편의 일관된 서사 체계로 읽어 내린다면, 시집 『나타났다』의 또 다른 주인공은 '아버지'일 거라고 나는 생각한다. 실제 돌아가신 시인의 부친이든, 이제 아버지의 나이가 되어 아버지를 추억하는 시인의 기억이든……. 이 시집의 많은 시들은 '아버지'와 말하기, '아버지'를 말하

기, '아버지'에게 말하기로 전개된다. 그 '아버지'는 때로 「가죽가방」으로 모습을 바꿔 드러나기도 하고, 「톱질하는 남자」가 되었다가 「눈물다랑어」가 되기도 한다. 세상의 아버지, 세상을 살아가는 존재란 모두 이처럼 자신의 삶을 표현하는 언어를 간직한 채 살아간다. 그리고 그 언어가 때로 반짝, 잠깐 빛을 발할 때가 있고, 시인은 그 순간을 포착하는 사람일 것이다.

따라서 시인은 눈이 밝아야 한다. 눈이 밝으려면 맑아야 한다. 그리고, 맑으려면 맑은 것을 봐야하는 법. 설백한풍(雪白寒風)으로부터 정 시인의 시안(詩眼)이 단련된 것처럼…….

청년 시절에 문단에 나와 청년 시절에 시집을 내는 시인이 있고, 그 시절을 모두 통과하고 난 뒤 시집을 출간하는 이도 있다. 분명 정동철 시인의 첫 시집 출간은 상당히 늦은 편이다. 지역 청년 문학계를 대표했던 지난 20여 년을 생각하면 더욱 그렇다. 그런 사이 청년 정동철은 아버지 정동철이 되었다. 피상적으로 드러나는 이 같은 사실들로 그의 시인으로서 행보를 안타까워하거나 아쉬워하는 사람 중 하나였다, 나 또한. 하여, 시집 출간을 결정했다는 소식을 들었을 때 우선 안도하기부터 했던 것도 사실이다.

하지만, 시집의 초고를 받아드는 순간, 그게 얼마나 하찮고 쓸데없는 염려였는지 단박에 깨닫게 되었다.

훌쩍 세월을 건너 뛰어 단숨에 아버지가 되는 사람은 없는 법. 오만가지 일을 다 겪고 난 뒤에야 비로소 아버지가 되는 것처럼, 그가 뚜벅뚜벅 문학의 길을 걸어왔다는 것을 이 시집이 웅변한다.

단도직입, 사회적 존재 정동철이 자신이 마주한 세상과 대면하는 방식은 언제나 직설적이었다, 그의 열정과 분노에는 단 한 점의 가식도 없었다. 오직 순정(純正), 언제나 순정(純情). 그는 또 앞으로도 계속 맑고 직정적인 청년의 삶을 살 것이다. 그게 그를 아는 모든 이들의 한결같은 기대이기도 하다.

이런 면에서, 이번 시집 『나타났다』는 그의 삶과 문학의 관계를 완벽하게 드러낸다. 방황과 고민, 열정과 분노, 돌아보는 일과 앞서가는 일 사이의 간극을 채우는 방법의 차이, 그에 따라 각기 다른 인생의 모습이 그려진다. 어떤 이는 현실적인 성취를 좇고, 어떤 이는 명분을 축적하는 방식으로 자신의 삶을 메워나간다. 의당, 글쟁이는 글을 쓰는 일로써 자신의 삶을 밀고 나간다. 시인에게는 시가 삶의 도구이자 목적이란 점을 생각한다면, 어떤 순간에도 시를 놓치지 않고 붙들고 있는 이가 진정한 시인이다.

그간의 진정성을 충분히 입증한 만큼 앞으로의 행보 또한 이제 더는 염려하지 않기로 한다. 응원과 기대. 정 시인의 다음 시집을 지금부터 기다린다. 길이 끝나는 곳에서 새로운 여행이 시작된다고 하지 않던가. 달려온 거리가 도약의 높이를 만들고, 높이는 너비를 규정한다. 발판을 세차게 차고 솟구쳐 오를 때다.

*첨언하고 싶은 말이 있다. 이 시집을 읽는 동안 내가 크게 깨닫고 반성한 게 있다. 난 여태껏 한국어는 자동사가 거의 발달하지 않은 언어라고 생각해왔다. 내가 그동안 한국어에서 완전 자동사라고 생각했던 것들은 '산다', '죽어간다', '(짝)사랑한다', '생각한다', '걷는다', '죽는다' 정도였다. 이외 나머지 자동사란 것들은 그 의미 맥락의 형성에서 결국 관계지향성을 드러낼 수밖에 없는, 실제로는 타동사나 다름없다고 여겼다. 산문의 세계란 타동사와 타동사가 격렬하게 충돌하며 빚어지는 공간이라고 생각했고, 그 노골적인 욕망의 언어로부터 잠시나마 벗어나고 싶을 때마다 나는 시집을 찾아 펼쳤다는 것 또한 이제금 깨닫는다. '나타나다', '기다리다', '말하고 싶다', '빛나다'…… 이 시집을 읽는 동안 이런 단어들이 내 앞에 하나하나 출현하고 또 나를 설레게 만들었다. 마침내 조우, 나는 이제껏 이 단어들을 기다리고 있었던 것이다. 지금은 이 단어들이 내 심장에 뛰어들어 혈관을 따라 온몸 세포에 스며든다. 시인, 시어의 광채에 대한 부러움과 고마움을 이 글의 말미에 꼭 새겨두고 싶다.

시인 정동철

1967년 전북 전주에서 태어나서 전북대학교를 졸업했다. 군대생활 3년을 강원도에서 보낸 것 말고는 딱히 전주를 떠나본 적이 없다. 2006년 광주일보 신춘문예에 시 「전주철물점과 행복부동산 사이」가, 전남일보 신춘문예에 시 「허공 위에 뜬 집」과 시 「아버지 소처럼 말씀하시네」가 당선되었다. 2014년 『작가의 눈』 작품상을 수상했으며 요즘은 만경강을 따라 걷고 혼자 놀고 혼자 웃는 일에 열중하고 있다.

모악시인선 4

나타났다

1판 1쇄 펴낸 날 2016년 9월 30일
1판 3쇄 펴낸 날 2022년 7월 8일

지 은 이 정동철
펴 낸 이 김완준
펴 낸 곳 모악
출판등록 2016년 1월 21일 제 2016-000004호
주　　소 경북 예천군 호명면 강변로 258-52
전　　화 054-855-8601
이 메 일 moakbooks@daum.net

I S B N 979-11-957498-4-3

값 8,000원